Vé dans boare un quarte !

Diableries au pays du Go

DIABLERIES
AU PAYS DU GOIS

LA MAIN DANS LE SABLE

Daniel GUILLON

Diableries au pays du Gois

© 2025 DANIEL GUILLON
Édition : BoD · Books on Demand, 31 avenue Saint-Rémy,
57600 Forbach, bod@bod.fr
Impression : Libri Plureos GmbH, Friedensallee 273,
22763 Hamburg (Allemagne)
ISBN : 978-2-3225-5971-8
Dépôt légal : avril 2025

"Le comble de l'optimisme, c'est de rentrer dans un grand restaurant et compter sur la perle qu'on trouvera dans une huître pour payer la note"

Tristan Bernard

Diableries au pays du Gois

Suivez-moi dans le pays du Gois

Vous entrez dans le Pays du Gois où le soleil couchant envoie des tons chauds sur la mer en tombant derrière l'Ile de Noirmoutier. La mer y est très vivante, remuante, changeante. Les marées, le vent, et les nuages dessinent de belles arabesques tant dans le ciel que sur le sable.

Ce pays s'intègre dans le marais breton vendéen. Mais comment ce nom est-il possible ? Oui, il est pourtant breton et vendéen à la fois, car il se situe au nord-ouest de la Vendée actuelle, et il est également sur les lieux de l'ancienne baie de Bretagne qui, il y a fort longtemps, a été recouverte par l'océan.

En plus de cela, l'ile de Noirmoutier qui était beaucoup plus grande qu'aujourd'hui a vu son socle s'effondrer. Au milieu de cette baie, aujourd'hui, à 4 km à l'est de Noirmoutier en ile, il est un vestige qui n'apparait hors d'eau qu'aux très grandes marées. Il s'agit du dolmen de la table que les hommes préhistoriques ont élevé. Une masse imposante que ce monument, car il fait près de 5 mètres de long pour presque 3 mètres de large. Les alluvions ont petit à petit comblé la baie qui submerge lentement le dolmen, mais ce dernier bénéficie des courants du Pertuis pour ne pas sombrer dans l'oubli.

Nous sommes à quelques kilomètres de Beauvoir sur Mer, petite ville située au sud du marais breton vendéen.

Sa vieille église romane tente de dresser toujours aussi fièrement son clocher, mais son état est bien précaire. Heureusement pour elle, les dégâts de l'âge sont à peu près maitrisés grâce à de nombreux étais intérieurs. Et le bourg est un des points névralgiques situé en plein cœur d'un pays de marais et de polders gagnés sur la mer.

Il est surtout connu pour la route submersible qui le traverse en reliant l'ile de Noirmoutier au Continent. La première traversée connue du passage du Goa (devenu Gois) a eu lieu en 843. Elle fut le fait de prisonniers réussissant à s'échapper de l'ile du Her (aujourd'hui Noirmoutier) et à regagner le continent à pied après que la mer se soit retirée.

Le passage permanent n'est connu qu'à partir de 1702. Mais à l'époque il n'avait pas la forme actuelle et il reliait Barbâtre sur l'Ile à un point du continent au nord de Bouin. Il sera empierré en 1868 puis renforcé en 1924 et classé monument historique depuis 1942.

Cette baie et plus précisément le passage du Gois, au demeurant fort prisé des vacanciers, furent le lieu d'un fait divers, dont les échos ne sont peut-être pas parvenus jusqu'à vous.

Cet évènement marqua à jamais une famille de touristes néerlandais. C'est là que leur pêche aux coquillages lors des grandes marées fut interrompue dramatiquement.

Au-delà de ces quatre touristes, des femmes et hommes du pays ont été plongés dans une série de drames atroces. Des entreprises n'ont pu survivre aux conséquences de ces derniers. Le pays tout entier garde en mémoire les traces de douleurs insupportables.

Je vous invite à vous souvenir des protagonistes de cette affaire judiciaire.

Rappelez-vous, il y avait :

Archambault Madeleine dite Bourbon, la mairesse de Bouin, poissonnière à L'Époids, célibataire.

Les mauvaises langues disent toujours qu'il ne faut surtout pas s'en approcher, sinon on risque une arête plantée dans le gosier…

Arnal Paul, dit Paulo, dit la Chemise, tout juste retraité de la MFR de Challans. Il était un des professeurs de la filière maritime dispensée dans cette école.

C'est un habitué du « *Bar de la Marine* » du Port du Bec.

En écoutant son humour, certains disent qu'il est certainement un fils caché de Pierre Dac ou de Francis Blanche.

Arrantxa Manuel, marin espagnol.

Embarqué sur un rafiot d'un autre temps venant, pour une petite pêche, écumer les eaux jusqu'au large de Belle Ile ou de Groix.

Bourseau Félix, le poissonnier du marché de Talensac.

Ce marché est celui ayant la plus haute renommée à Nantes. Et être poissonnier à Talensac, c'est à coup sûr être connu de toute la ville et même au-delà.

Chanseau Manu le tenancier du « *Bar de la Marine* » du Port du Bec, surnommé Ciao avec sa femme **Marthe** dite l'Absinthe car elle fait tourner la tête de tout le monde. Leur bistrot est installé sur la route de l'Époids, presqu'en face la coopérative.

Aux beaux jours, ils installent une terrasse et le samedi soir de jeunes groupes de musiciens s'y produisent.

C'est devenu au fil du temps un autre abri du pêcheur !

Collet Andrée, éleveuse de chèvre, qui vend sa production sur les marchés. Sa spécialité est d'abord et avant tout le fromage frais en faisselle.

Quand elle a des commandes, elle propose le tourteau fromager, célèbre gâteau à la croute noire fait avec son fromage de chèvre.

Coupereau Jean Michel, adjudant, dit Le Juteux, gendarme de la brigade de Bouin.

Marié à Madeleine, une femme au foyer aux plus grandes qualités.

Ses petits-enfants peuvent en attester quand ils partagent des séances de cuisine, peinture, maquillage ou déguisement !

Dubout Marc, major, dit le Chef, dirigeant la brigade de Bouin.

Avant qu'il obtienne son grade de major, on l'appelait souvent Jean-Jacques, mais maintenant il a mis un certain recul avec ses troupes et ce surnom a disparu.

Dufaux Jean-Michel, charcutier du centre de Bouin, tenant un étal au marché de Beauvoir.

Sa maison est réputée en premier pour ses rillons et pour son agréable andouille aux herbes.

Durant Jeannot, dit le Ciré, veuf, locataire à vie d'un verre au « *Bar de la Marine* », retraité de la coop maritime.

C'est un lecteur assidu de l'almanach Vermot et de ses blagues.

Fourneau Edmond, saulnier voisin des Retourneau.

C'est un petit peu leur ange gardien, toujours à veiller sur leur sécurité.

Il est vrai qu'il a un petit faible pour sa mignonne petite voisine.

Grimeau Anatole, l'ancien propriétaire de la saline de Bertomiaux.

Un très bon maître de stage emporté par la vieillesse.

Gudijck Roben, sa femme **Adeline**, ses deux enfants **Rod** et **Kathlyn**. Ce sont des touristes néerlandais habitant la grande ville de Rotterdam.

Ils sont en vacances à Nantes dans la famille d'Adeline. Ils sont venus au Gois pour y vivre une journée de grandes marées, au grand air, à la pêche aux coquillages.

Gourdon Cédric, habitant Saint Hilaire de Riez, dit la Lentille.

C'est le photographe de la commune.

Quand il peut capter dans son objectif autre chose qu'un visage pour une carte d'identité ou un couple de mariés, il mitraille à tout va !

Horrot Jean Philippe, dit Phiphi, de la gendarmerie de Saint Jean de Monts.

Adepte du triathlon, plusieurs fois par semaine on le voit courir sur la plage, nager sur de longues distances ou courir en vélo sur les routes des dunes.

Jabot Sébastien, dit Bavoir, gendarme de la brigade de Bouin.

C'est un vieux célibataire. Sa moustache avait eu beaucoup de succès dans sa jeunesse, mais ça, c'était avant ! Passionné par les papillons qu'il collectionne, il ne rechigne pas quand il y a un loto de programmé quelque part.

Korsakov Igor, dit père Schéhérazade, surnom qui lui a été donné au grand séminaire après qu'il eut tout fait pour refuser le surnom initial de Prince.

Son grand père a fui la Russie au moment de la révolution. Il est venu en France avec ses enfants. Un de ses petits-fils, Igor, se destinera à la prêtrise catholique.

C'est l'actuel curé de la paroisse de Notre Dame de l'Assomption de Bouin.

Le Moal François l'ostréiculteur dit le Vasou [1], célibataire habitant Bouin.

Installé depuis quelques années sur la cabane héritée de son père et de son grand-père, les anciens dans lesquels il a glissé ses pas.

Lequellec Sonia, toute jeune journaliste reporter à FR3 Nantes Atlantique.

Elle fait bien attention à appliquer les méthodes et techniques apprises à l'école et de ce fait elle n'est guère à l'écoute des gens qu'elle interviewe. Elle cherche toujours le plus croustillant même dans une belle mie bien tendre !

Louvois Marc, dit Colbert, gendarme de la brigade de Bouin.

Il fut un temps en ménage avec une belle normande. Rapidement, elle devint jalouse de cet uniforme qui lui accaparait son mari…

Un appel du vent du large la vit disparaitre un matin.

Marionneau Antoine, poissonnier ambulant sur tous les marchés du coin.

Joyeux luron, toujours à l'écoute des potins des allées des halles.

Marteau Adelina dite Nina tenant le magasin de fruits de mer et coquillages de Port du Bec, avec son chéri

---

[1] Vasou = ostréiculteur

Dubois Jérémie dit Mimi, tous deux jeunes producteurs de L'Époids.

Leur maison « *Princes des palourdes* » est renommée principalement pour ses huitres et ses homards vivants.

Mineau Henri le Juteux de la brigade de gendarmerie de Beauvoir sur mer, vieux célibataire.

Depuis l'école de Montluçon, il est surnommé comme il se doit Riri.

Un passionné de la pêche à pieds dans le Gois.

Muzilleau Jean-René, procureur de la République expérimenté, approchant tranquillement de la retraite.

À 2 ans du but il n'a pas envie de se créer des ennuis avec des dossier par trop tordus !

Nourry Paulette, Serveuse du « *Bar de la Marine* », surnommée Paupiette.

C'est une avenante quinquagénaire célibataire, attendant le prince charmant, mais n'ayant à ce jour trouvé que des grenouilles dans les étiers !

Petit Albert, dit le Palet, commandant des sapeurs-pompiers volontaires de L'Époids. Il est retraité des services techniques de la ville voisine de Beauvoir.

C'est le champion local du jeu de palets vendéens sur plaque de plomb.

Il aime fréquenter les quais du port du bec et de celui des Brochets.

Il ne dédaigne pas une dégustation d'huitres, et ne crache pas sur un petit ballon de sauvignon.

Poidevin Herbert, juge d'instruction à la Roche / Yon. Il est jeune dans le métier et imbu de ses certitudes.

Il est encore perturbé dans ses décisions induites par son impulsive jeunesse.

Il bénéficiera dans notre affaire de la présence d'un procureur expérimenté.

Poulet Luc, dit le Fion, car son prénom inversé donne « cul », mécanicien à Beauvoir, habitant L'Époids, célibataire, pompier volontaire.

Il ne dédaigne pas un bon mot de comptoir avec les piliers du bar de la Marine.

Pouvreau Dominique, ostréiculteur au Port du Bonhomme à La Guérinière sur l'Ile, célibataire endurci.

Homme discret sur lequel les ragots n'ont pas de prise.

Pouvreau Michel, frère ainé du précédent, et un peu son père de substitution.

Ils furent en effet très vite orphelins, leur père étant emporté par la tempête de janvier 1978 au large de Cap Breton.

Lui est pêcheur de Saint Gilles-Croix de Vie, surnommé Sardine, capitaine du « *Flots vigoureux* », divorcé.

Putrain Michel, dit le Mac, équipier au port du Bec sur le « *Marin turbulent* », habitant L'Époids.

Il est divorcé, pompier volontaire dans son village, et soyons honnête bien souvent de passage au bar de la Marine.

Rabeau Thomas, ancien hôtelier, à l'époque florissante de son établissement le « *Ventre à choux* » de Beauvoir.

Son fils **Alain** et sa belle-fille **Mia** sont auprès de lui pour l'accompagner dans ses vieux jours.

Remond Arsène, de la brigade de gendarmerie de Beauvoir sur mer, originaire des Causses et de Sainte Enimie plus précisément.

Il aime quand il n'est pas de mission, aller l'après-midi faire une partie à « la Pétanque belvérine [2] » où l'on aime son accent rocailleux.

Retourneau Jean Pierre, dit le Palud.

C'est un quadragénaire qui exploite un marais salant de Bouin, à la limite de Beauvoir sur mer. Il s'agit de la belle saline de Bertomiaux.

Garçon travailleur, voulant sans cesse améliorer son outil de travail.

Retourneau Maryse, dite La Retournée, jeune brunette d'origine aisée d'Occitanie.

Elle est mariée à Jean Pierre, de 22 ans plus âgé qu'elle. Elle a eu un coup de foudre pour la vie au grand air et les marais. Tout ceci était, pour elle, nimbé de mystère car bien éloigné de ce qu'elle connaissait chez elle.

Sœur Marie-Clémence, des sœurs de Saint Vincent de Paul, l'infirmière de Bouin surnommée la « Sœur pique-fesses ».

Elle est en charge du village et des pensionnaires de la maison de retraite.

Tout le monde vous le dira, c'est une femme avec le cœur sur la main.

Surimeau Marceline, dite la Grenouille, vieille fille curieuse comme une fouine, habitant Bouin à côté de la maison de retraite.

C'est un des piliers de la paroisse, ayant en charge la sacristie et le ménage de la Cure malgré ses vieilles jambes et ses rhumatismes.

Une adepte écologique, ne se déplaçant qu'en vélo !

---

[2] Belvérin, belvérine = de Beauvoir sur mer

Thibault Marianne, dite la Miss, ancienne candidate malheureuse au titre de miss Anjou dans sa jeunesse, gendarme tout d'abord à Bressuire puis à Bouin.

On la dit célibataire, mais est-ce exact ?

Truton François, maréchal des logis chef, gendarme de la brigade de Bouin, dit la Moule.

Son surnom provient de sa spécialité culinaire non pas en marinière mais à la fourme d'Ambert, vieux souvenir de sa première affectation dans le Puy de Dôme.

Il est marié à un cordon bleu, et père de famille.

*
* *

Parmi ces personnages, certains utilisent encore le patois breton-vendéen.

Les plus âgés le pratiquent et entretiennent la flamme. Et ils y tiennent par-dessus tout, luttant contre les aberrations de tous ces nouveaux intellectuels qui déflorent la belle langue française.

Il est loin le temps où avec déférence on saluait « *madame le professeur* » à qui on a remplacé « *le* » par « *la* » et ajouté un final en « *e* » lui enlevant ainsi l'importance qui était la sienne.

Et ne parlons pas de « *l'ortograf* » volontairement sacrifiée, scandaleusement, pour une soit disant meilleure assimilation…

Ils font partie de ces gens horrifiés que le « *bien le bonjour* » du matin soit balayé maintenant par un vulgaire « *salut* », tout autant qu'à l'heure actuelle on puisse préférer aller en boite plutôt que de danser au bal.

Ils ne se remettent pas non plus de la disparition du magnifique téléphone en bakélite noire avec son cadran aux gros chiffres et lettres, si dramatiquement supplanté par cette petite chose sans forme, aux touches trop petites et au nom imprononçable « *le smartphone* ».

Mais surtout la langue de leur jeunesse a été malmenée. Leur patois tend à disparaitre. Ils sont les derniers à le pratiquer mais ce n'est guère étonnant quand on constate que le français s'est envolé et que les mots d'antan sont mis à toutes les sauces.

Les jeunes ont abandonné ce langage local, si archaïque à leurs yeux. La tire remplace l'automobile, la mob surclasse le deux-roues, le joint fait partie de la vie courante, la femme est rabaissée au niveau de la meuf, le taf n'est plus l'ascenseur social qu'il était, on ne se marie plus mais on se pacse comme on a un mouchoir en papier qu'on jette après utilisation, et les tunes appellent les tunes bien loin des sous d'antan économisés un à un…

Qu'ils se rassurent, les vieux en ont autant à leur service quand ils évoquent les échanges ô combien culturels en « langage » SMS, sans parler de leur musique de zazous où la mélodie est remplacée par un monologue, gueulante guère compréhensible sur fond de tintamarre assourdissant ! Et ne parlons pas de cette mode curieuse d'arborer des pantalons troués aux genoux,

La vie les bouscule nos anciens ! Mais ils résistent. Ils entretiennent le patois de leurs ancêtres.

Et en Vendée il n'y en a pas une mais deux de ces langues locales! Celle du sud Vendée directement dérivé du poitevin, et celle de la région qui va nous intéresser.

Ce dernier patois peut diverger de celui pratiqué dans le sud du département par l'intonation, par l'orthographe mais comporte surtout son propre vocabulaire.

Je vous invite maintenant à échanger avec Marceline ou avec le Ciré, vous pourrez ainsi le constater !

« *Vé dans boare un quarte !* [3] ».

---

[3] Vé dans boare un quarte ! = viens donc boire un coup !

Petit matin à la saline de Bertomiaux

Depuis Beauvoir, quand on pousse jusqu'à la mer, on est d'abord frappé par le trafic de voitures lorsque l'heure de la marée basse approche au passage du Gois. La chaussée recouverte depuis plusieurs heures va bientôt laisser place à une cohorte de véhicules qui déverseront sur le sable une multitude de gratteurs en tous genres.

Dans le bourg, le panneau des horaires de marée indique à tous les passants que l'heure de la marée basse approche. Au même moment, au Grand Clos, à l'entrée du passage un grand panneau lumineux précise que la route va bientôt être ouverte à la circulation et informe même de l'heure de la prochaine.

Déjà quelques voitures sont là, prêtes à démarrer sur la chaussée pavée, et la première de la file a le museau au ras de l'eau qui lentement se retire. Il y a là des noirmoutrins qui empruntent cette voie pour rentrer au bercail, et ce de manière plus rapide que par le pont.

Dans la file d'attente pour la marée basse au Gois, il y a également des touristes, uniquement venus pour traverser par le passage. On les reconnait à leur tenue avec lunettes, chapeaux de paille et capelines, vélos accrochés à l'arrière du véhicule, et surtout l'appareil photo pendu au cou pour le père, et les smartphones en main pour le ou les passagers adolescents.

Mais il y a surtout des pêcheurs à pied. Oui ceux qui vont aller garer leur voiture sur le sable encore bien humide dès que la mer se sera retirée. On les verra alors sortir leur matériel. Et pour tous, ce sera le même rituel ! Il s'agit de s'asseoir au bord du coffre ouvert de la voiture pour enfiler les bottes, outils nécessaires et à se doter en priorité.

Le plus grand nombre s'en ira chercher dans le sable sur la droite, dans cette immensité qui permet de distinguer dans le lointain, la côte et la ville de Pornic. Pour ce faire, panier grillagé, ou seau pour les moins habitués, griffe ou mini râteau de jardinier, pantalon retroussé jusqu'au-dessus des genoux ou directement shorts ou maillots de bain... L'armée amateure va prendre d'assaut la baie.

Puis il y a ceux qui vont aller sur la gauche de la route chercher la crevette de pays avec de grands filets poussés devant soi. Et là où subsistent de belles profondeurs d'eau, il n'est pas rare de trouver des pêcheurs à la ligne tentant de ramener quelque mulet, bar ou encore daurade et dans de très rares occasions des maquereaux pour les adeptes d'une pêche insolite en bord de mer : la pêche à la mouche. Ces derniers ont alors créé des esches en forme d'animaux marins locaux et non de mouches traditionnelles.

Pendant que les ostréiculteurs sont allés en bateau dans leur parcs depuis le port du Bec, quelques-uns arrivent avec leurs tracteurs et entrent sur le sable jusqu'à leurs tables [4] découvertes par la marée. Descendus dans l'eau avec leurs cuissardes, les voilà qui soulèvent, retournent, secouent, chargent les poches [5] d'huitres qui vont partir s'affiner dans les claires. C'est le moment de vérifier l'installation des tables que les fortes marées peuvent faire souffrir. Quand la mer commencera à nettement remonter, ils seront les derniers

---

[4] Table = où sont installés les poches d'huitres dans les parcs
[5] Poche = sac de grillage où sont élevées les huitres dans les parcs

à sortir de la baie, avec leur chargement synonyme de bonnes bourriches [6] à vendre ! Car il va y en avoir des huitres à emmailloter [7] !

Pendant ce temps, du côté des familles s'aventurant à pied sur le site, c'est du sérieux. On n'est pas là pour rigoler, je vous le dis. On cherche en priorité les palourdes.

On se rabattra sur les coques, et certains privilégieront les couteaux, plus rares et moins goûtés par les pêcheurs. C'est une pêche qui amuse les enfants. On leur montre le sable et le trou où le couteau s'est enfoncé. On a donné à chacun une petite sacoche accrochée à la ceinture. Dedans il y a du gros sel. Et hop, quelques grains dans le trou et voici le couteau qui sort pensant que l'eau de mer envahit son logis… Il n'y a plus qu'à l'attraper et à le mettre dans le panier.

Puis, pour tous ces amateurs, quand les paniers ont atteint les volumes à ne pas dépasser, quand les reins sont suffisamment cassés pour que la pêche devienne un moment de souffrance et non un plaisir, quand la mer remonte, quand le casse-croûte tant attendu tenaille les estomacs, alors tout ce petit monde remonte vers les voitures.

On lave les paniers, on commente les prises, et pour les pêcheurs de coques on va remplir un jerrican d'eau de mer de l'autre côté de la route. Il sera bien utile quand il s'agira de faire dégorger les bestioles de leurs saletés. C'est en les faisant tremper dans de l'eau de mer que le sable va être expulsé et tomber au fond du seau… Cela évitera à la maitresse de maison de tenter de les faire dégorger de nombreuses fois avec l'eau du robinet. Et pendant que chacun quitte bottes et même tee-shirts mouillés comme c'est

---

[6] Bourriche = caisse de conditionnement des huitres pour le transport et le commerce
[7] Emmailloter = disposer les huitres dans une bourriche

souvent le cas des enfants, chacun entre dans la suite de la journée.

Les dames sont déjà dans leur préparation pour servir une belle salade de salicornes pommes de terre et coques, ou des pâtes au coques ou aux palourdes avec leur sauce au curry breton. Enfin d'autres pensent à une omelette aux palourdes et aux coques, à des palourdes farcies ou bien encore à une belle salade de mojettes [8] aux praires !

Au carrefour de la route avec celle de L'Époids il y a une aire de pique-nique avec un abri à la vue constitué d'un transformateur. C'est un endroit prisé par les vessies et non par les lanternes, car cela devient urgent pour les affamés, et c'est là que les plus rapides à sortir du Gois peuvent même disposer d'une table et de bancs.

Le week-end, on y trouvera une autre typologie de personnages. Ils viennent à plusieurs véhicules pour la journée entière. Et ils squattent le lieu de très bonne heure. Avec les autres voitures du groupe, c'est suffisant pour organiser le transport jusqu'au passage, pendant que bien souvent une mémé et une ou deux de ses filles sont restées sur place, la matrone tricotant tout en bavassant [9] allègrement pendant qu'une fille fait des mots croisés si ardus qu'ils lui laissent tout loisir de participer sans gêne à la conversation, alors que l'autre est tellement passionnée par la lecture de « Nous Deux » qu'elle n'entend rien de ce qui se passe à côté d'elle...

Avant que la pêche ne se termine, il n'est pas rare de voir l'aïeule sortir une nappe d'un panier, de disposer des assiettes, verres et couverts... Quand les pêcheurs reviennent, le moment devient des plus sérieux, car enfin, on est venu d'abord pour pique-niquer, la pêche étant un plus ! Des

---

[8] Mojettes (ou mogettes) = haricot blanc de Vendée de l'espèce des lingots
[9] Bavassant de bavasser = parler beaucoup

salades composées ou des taboulés sont sortis de la glacière. De melon à la saison, des œufs durs, du poulet froid… Un repas digne du dimanche midi à la maison ! Et là, quand on attaque le repas, on a toujours quelqu'un s'esclaffant : « *À tout à l'heure !* ».

Depuis leur lieu de pique-nique ou depuis la route on distingue les cabanes de plusieurs salines dans le marais Buor et au-delà jusqu'à Bouin. On y voit d'ailleurs au loin celle de Bertomiaux à la limite de Beauvoir.

Nous sommes jeudi. Il est 7 heures.

Maryse Retourneau la propriétaire du lieu n'a pas entendu son réveil, et elle se précipite sur les tâches indispensables, car elle doit se dépêcher en ce jour du marché de Beauvoir. Elle y tient un stand de sels, fleurs de sels, salicornes. Un endroit qui, à la belle saison, est pris d'assaut par les touristes.

Elle n'a pas vu son mari Jean Pierre. Il est clair qu'il s'est levé plus tôt qu'elle. Maryse a bien été voir dans la longère où sont stockés les outils et le matériel nécessaire au conditionnement. Elle est allée faire un tour le long de ses œillets. Ce matin, le soleil est bien présent, lançant ses reflets sur les parcs.

Elle a aperçu le voisin qui travaillait sur le toit de sa cabane pour réparer l'outrage du dernier fort vent. De loin elle l'a salué, et après quelques mots échangés, elle est rentrée dans sa maison. Interrogé, Edmond Fourneau le voisin a dit ne pas avoir vu Jean Pierre depuis qu'il a embauché [10].

Qu'à cela ne tienne, il est peut-être parti à la pêche à pied à la marée basse et rentrera en milieu de matinée.

Cela lui arrive quelques fois de partir, tant à la chasse au gibier d'eau qu'à la pêche. Il est des coins du marais où l'on est autorisé à chasser la bécasse, sans dédaigner un

---

[10] Embauché = d'embaucher, c'est à dire commencer à travailler

canard ou même pourquoi pas un lièvre rendu ivre par les belles herbes du printemps... Il fabrique ses happeaux, fignole ses plans et en fin de compte gagne plus en bon air respiré et en calme de la nature qu'en tableau de chasse exceptionnel.

Il peut aussi s'installer de longues heures quand la mer a commencé à recouvrir le sable au pied de la digue du polder du Dain. Il y pêche des bars essentiellement. Quelques fois une daurade se laisse tenter par l'esche appétissante qu'il a accrochée à son hameçon. Des têtes de sardines du marché du jeudi, des petits crabes pêchés sur le port et dans les canaux avec des balances comme pour les écrevisses. Alors qu'il soit parti de bon matin n'a absolument rien d'étonnant.

Maryse avale son café, charge ses produits dans sa voiture et prend la direction du centre-ville.

Elle a été élevée dans une famille occitane aisée, les De Lastours. Elle a vécu son enfance dans le village de ses aïeux puis son adolescence à Toulouse la majeure partie du temps. Dès la sixième, elle sera interne. L'internat du Caousou de l'Immaculée Conception dans Toulouse lui apportera une formation religieuse et générale. Le bac fut une formalité pour cette élève brillante avec une mention très bien.

Se destinant à une activité internationale dans le domaine de l'agro-alimentaire, elle va s'exiler et réussir à entrer à l'Ecole Centrale de Nantes. Son diplôme d'ingénieur centralien en poche, elle va se donner deux années d'étude du monde du travail à l'international. Un semestre en Australie, un semestre en Amérique centrale dans les productions d'ananas, et une année en Angleterre pour travailler dans un grand industriel du secteur, Starfoods. Forte de cette expérience, elle se proposait de se trouver un poste en France quand, à l'occasion d'une balade, elle va aller faire la fête à Nantes.

Leur histoire avec Jean Pierre a commencé justement à ce moment-là sur les quais. Elle était venu retrouver des copains de promotion, lui s'était octroyé un samedi de détente. Il voulait aller voir le spectacle des animaux robots de l'Ile et fêter son anniversaire. Il va y croiser cette jolie brune, à l'occasion de la fête des machines.

Spectacle, musique, balade montée sur le grand éléphant, plaisir, un mot, puis un autre, un pot... On se dit que l'on va se revoir... Ce sont deux mondes qui se rencontrent, deux mondes à priori forts différents l'un de l'autre !

Et pourtant...

On trouve toutes sortes d'occasions pour se retrouver, et Jean Pierre invite même Maryse à visiter son outil de production, se disant qu'il lui ferai visiter sa maison et que ce serait l'occasion de pousser la chansonnette un peu plus loin...

Oh mais c'est que la pin-up n'entend pas ça de la même oreille ! Sa formation religieuse et chrétienne, accepte volontiers le maraichinage [11] modéré et tout autant la différence d'âge de 22 années qui les séparent. Mais fauter avant le mariage, diantre que nenni !!

Bien vite ce sera le grand amour. En novembre suivant, ce sera le mariage, et ce il y a déjà 4 ans. Depuis, les pigeons roucoulent leur amour. Si Jean Pierre aurait aimé avoir un enfant, quand il aborde le sujet, Maryse lui répond invariablement :

« *On a le temps mon chéri* ».

Elle, surtout, a le temps...

---

[11] Maraichinage = Coutume populaire du Marais vendéen reconnaissant aux jeunes couples non mariés le droit de flirter, notamment par l'échange de baisers prolongés.

Dès son arrivée, tout le monde admire ce couple que chacun trouve un peu hors norme. Car quoi qu'on en dise, un mariage entre personnes de milieux sociaux si distants peut être aussi difficile que des épousailles entre un homme et une femme d'ethnies différentes.

Maryse a fait son trou comme on dit. Elle a rapidement appris de son compagnon les astuces et les gestes du saulnier. Au marché, on a vite oublié que son accent démontrait qu'elle n'était pas issue du Marô [12], mais rapidement on a trouvé que cette diction chantante était fort agréable et allait si bien à cette brunette à la peau non pas rougie par la soleil mais brunie tout autant par ses origines occitanes que par l'air marin.

Elle est agréable avec tous les clients, parmi lesquels les hommes veulent simplement avoir le plaisir de discuter avec elle et pouvoir admirer de plus près ses traits si agréables. Pour les femmes, c'est l'occasion de parler recette, plantes du marais, d'avoir un conseil éclairé par cette jeune femme pétillante… tout en surveillant quand même les maris du coin de l'œil !

Quelques fois on demande à Maryse pourquoi elle est venue se perdre dans un trou pareil alors qu'elle a connu l'étranger, les Amériques tant du nord que du sud… Car tout de même, entre les laboratoires et bureaux d'une grande entreprise internationale de l'agro-alimentaire et sa petit pelle à sel, l'écart est des plus importants !

Elle répond invariablement deux choses : elle n'a pas trouvé ni dans l'outback australien, ni dans les plantations d'ananas, et encore moins dans le fog londonien d'aussi jolis cieux qu'ici, et surtout elle n'a pas eu loisir de rencontrer un homme aussi charmant que son Jean Pierre. Ah mais dites donc, les Retourneau, c'est du sacrément solide.

---

[12] Marô = nom patois désignant le marais breton vendéen

On lui demande régulièrement si le travail de saulnière n'est pas trop difficile, et si le contact du sel n'est pas propice à l'apparition de crevasses sur les mains, ce qui serait fort dommage pour une si belle jeune femme ! Et là encore, elle scotche ses interlocuteurs, qui sur ce thème sont souvent des messieurs d'ailleurs.

« *Dites-vous que quand on a été élevée au pays du foie gras et du canard, on a des recettes qui font la peau douce, surtout celles à base de graisse de volaille. Tenez, vérifiez vous-même comme mes mains sont douces et la peau sans gerçure !* ».

Alors les messieurs repartent avec un pochon de sel, un sourire ensoleillant leur journée et qui plus est le souvenir délicieux d'avoir caressé furtivement les mains de la belle !

Elle pousse le bouchon quelques fois un peu plus loin, ajoutant dans sa réponse :

« *Et puis je peux vous dire que je fais la même chose avec la peau de mes jambes, mais bon là, je ne peux pas vous faire constater* » terminant sa phrase dans un tourbillon de boucles brunes et de rires.

Ses collègues du marché, devant les halles, sont habitués à ses façons de faire. Ils trouvent les stratagèmes utilisés comme toujours fort percutants… Ah, mais elle en vend du sel et de la fleur de sel la bougresse ! Et elle fait rêver le client ! Et pas que. Car ces derniers temps, il se murmure avec beaucoup d'insistance que la saulnière, qui roucoule pourtant tant et tant avec son chéri, semble un tantinet volage. Car si cela semble solide avec son mari, il y a fort à parier qu'elle court…

De gauche à droite, elle aguiche, sourit, renverse toutes les bonnes intentions que les hommes mariés ou non peuvent lui opposer… Ces derniers temps, la Maryse Retourneau, on ne l'appelle même plus par son prénom, encore moins par son patronyme.

Non mais par un surnom, un vulgaire surnom dont on l'a affublé. C'est en fait une petite vengeance des femmes du marché : « La Retournée », tant elles croient qu'il ne se passe pas une journée avant qu'elle ne se fasse culbuter par un gigolo ou un admirateur…

Jean Pierre, le saulnier

Jean Pierre Retourneau est un gars du pays. C'est un costaud, un dur avec un cœur tendre !

Tout le monde dit de lui que c'est la gentillesse incarnée. Et ceux ayant connu sa famille ajoutent toujours qu'il ressemble en cela à son défunt père.

Son père était éleveur de vaches maraichines du côté de Saint Gervais et avait fait mariage avec une fille de paludier de Noirmoutier, du côté de L'Épine au marais du Ponant. Leur rencontre avait eu lieu lors du bal des pompiers de Saint Gervais à la fête nationale. La fille avait été amenée par son frère alors que lui avait sa promise dans le village…

Le couple ainsi formé avait continué l'élevage de bovins. Ils auront un fils, Jean Pierre. Il fut quelques temps ouvrier agricole chez ses parents. Puis il devint ouvrier dans une ostréiculture au polder du Dain. Ceci va lui permettre de se lancer dans des études techniques.

Il va faire ses études en alternance à la Maison Familiale Rurale de Challans, en abandonnant la filière élevage de ses parents pour s'orienter vers les métiers de la région : les cultures marines. Il va passer un bac pro plus orienté sur le travail de conchyliculteur.

Jean Pierre, ne trouvant pas tout de suite une place dans un travail en correspondance avec sa formation, changea encore d'orientation en entrant comme ouvrier à la saline de Bertomiaux.

À compter de ce jour il deviendra pour tous Jean Pierre le Palud ou plus encore le Palud !

Il apprendra à maitriser le vent et le soleil, l'eau et les marées, les outils spécifiques. Bien vite ce sera un virtuose du las [13], l'outil largement utilisé pour les grosses récoltes.

Il entretiendra sa forme pour faire face aux aléas et difficulté du métier dépendant tellement des éléments.

Il apprendra à bien entretenir les mailles [14] et les aiguiser parfaitement. Car un bon outil bien affûté c'est l'assurance de ne guère laisser de sel sur la surface de l'eau et c'est aussi se simplifier le travail.

Au printemps le boutoué [15] n'aura bientôt plus de secret pour lui. Il aime bien cet engin, tellement plus facile à manier, plus léger et pour commencer l'année tellement moins agressif pour les muscles sortant de la torpeur de l'hiver.

Pour la fleur de sel, il se perfectionnera dans l'utilisation de la lousse [16] et le séchage au soleil sur les tables.

Le propriétaire de l'époque, le père Grimeau, Anatole, partageait son temps entre sa femme malade et son travail, tout en continuant à inculquer à son jeune employé les bonnes recettes du bon professionnel.

En ce qui le concerne, il s'agissait des recettes basiques : sels aux herbes, fleur de sel, sels au poivre.

Les salicornes du marais étaient récoltées pour la fabrication des salades maison.

Jean Pierre s'éclatait dans ce poste, et donnait à tous l'impression qu'il était fait pour cette activité.

---

[13] Las = outil traditionnel servant à la récolte du gros sel gris, un très long manche fixé perpendiculairement à une planche de bois

[14] Maille = planche de bois, aiguisée, fixée perpendiculairement au las

[15] Boutoué = de même forme que le las, mais plus petit, utilisé pour le travail du printemps et par les femmes

[16] Lousse = sorte d'écumoire avec lequel on récolte délicatement la fleur de sel à la surface avant de la faire sécher

Quelques années plus tard c'est un grand choc.

Les grands parents Retourneau décèdent dans un horrible accident de voiture.

Perdu dans le brouillard, ni le conducteur ni sa passagère n'ont vu les feux rouges indiquant la fermeture d'un passage à niveau en Mayenne.

Ils ont heurté les barres et n'ont pas eu le temps de sortir de leur véhicule avant que le rapide Paris - Laval ne fonde sur eux… Ils étaient sur le chemin de Lisieux pour participer à un pèlerinage de la paroisse.

Ces décès laissèrent une belle exploitation bovine disponible. Jean Pierre hésita, mais le rythme de vie de l'agriculteur éleveur ne semblait pas lui plaire et il était si bien dans sa saline.

Les parents vendirent alors la ferme des aïeux. Et ils partagèrent le résultat avec leur fils.

C'est pratiquement au même moment qu'Anatole fut rattrapé par la maladie, comme un étonnant signe du destin pour Jean Pierre. Une saline allait se retrouver en jachère.

Et pas n'importe laquelle ! Oui celle où il travaille depuis quelques temps, celle de Bertomiaux.

Le patron luttant contre sa maladie incurable lui proposa de reprendre son exploitation.

Le jeune disposant des fonds issus de la succession des grands-parents, chercha les conseils nécessaires autour de lui, se décida et se porta acquéreur.

Anatole et lui feront équipe dans un premier temps, le jeune bénéficiant des conseils que l'âge et l'expérience apportent.

Quand Anatole aura transmis le flambeau, il sera condamné à laisser son métier et se réfugier avec sa femme malade dans la maison de retraite, la Jospinette, à Saint Gervais ou bien vite la camarde se jouera de lui.

Le Palud sera seul aux commandes.

Il va exploiter son marais, je dirais presque jour et nuit.

Cet homme besogneux, un peu bourru, va consacrer plusieurs années exclusivement au développement de son entreprise.

Puis il se lancera dans la remise à niveau.

Dans un premier temps, il remplacera le vieux bâtiment par une belle longère.

Elle sera constituée de deux parties : la première sera la partie technique avec l'atelier de conditionnement des sels et les stocks, la seconde servira de boutique de vente.

Durant ces travaux, il sera aidé par ses voisins, dans ces mouvements d'entraide naturelle du monde paysan.

Il faut dire que Jean Pierre est un garçon serviable, avec le cœur sur la main.

Il ne se passe pas un mois sans qu'il aille aider quelqu'un.

Il dépanne, répare, aide, travaille à la récolte des féverolles, donne un coup de main pour remettre en place un toit malmené par la tempête.

Et bien naturellement ses voisins et connaissances seront là pour l'aider dans les moments les plus compliqués.

Le plus actif sera sans nul doute Monmond, oui son voisin le plus proche Edmond Fourneau.

C'est également lui qui lui donnera les quelques bases dans le conditionnement de sels aromatisés, ce que ne faisait pas l'ancien propriétaire de Bertomiaux.

Le Palud complétera sa gamme en faisant ses propres créations.

Puis il se lancera dans l'exploitation de la salicorne qui pousse dans son marais.

Étant donné que les plantes sauvages d'un marais sont multiples, il les enseignera à ses visiteurs.

La première observation portera sur la fleur de carotte à ne pas confondre avec la ciguë qui est toxique, voire mortelle.

Par contre, on apprend que tout dans cette carotte sauvage peut être consommé : fleurs en beignets ou dans la salade, les feuilles, les graines et la racine si la terre est suffisamment meuble pour pouvoir l'arracher.

Il y a le fenouil, que tous connaissent pour l'utiliser en cuisine, mais apprennent qu'ils peuvent récolter les graines et les utiliser en tisane pour faciliter la digestion.

Le maceron ou poivre des marais a presque fini sa floraison et ses graines commencent à brunir. Cette plante autrefois cultivé est comestible de la racine, comme des salsifis, jusqu'à la graine.

Au printemps les bosses des marais salants se couvrent de fleurs jaunes : cette particularité du paysage est due à la moutarde noire.

Cette crucifère de la même famille que le colza développe le long de ses tiges des petites cosses contenant de minuscules graines brunes. Celles-ci, broyées et mélangées à du vinaigre pourront donner le fameux condiment.

Et les plantes et fleurs sont tout autant intéressantes.

L'obione est riche en minéraux et on peut l'accommoder en salade, dans du vinaigre, en chips.

Il y a les jeunes feuilles de ronces bonnes pour les bains de bouche et pour désinfecter une plaie, sans oublier les feuilles de plantain contre les piqûres…

Enfin les salades estivales pourront être rehaussées par les couleurs de toutes ces fleurs comestibles : mauve, moutarde, vesse, rose trémière et tant d'autres.

Quand il y a des jeunes dans son public, il questionne alors :

« Qui peut me parler du lessit [17] ? ».

En général la question laisse son auditoire pantois. Alors il explique aux plus jeunes que nos anciens n'allaient pas au super marché acheter leurs barils de lessive !

« La soude est une plante des milieux humides et salés. Elle entrait autrefois dans la composition du lessit, une décoction obtenue en faisant bouillir un mélange de ces plantes et de sarments dans un sachet de toile. Le produit ainsi obtenu servait alors de lessive. Et pour blanchir les draps, on utilisait de la cendre de bois ! ».

Inutile de dire qu'il a toujours du succès auprès des gamines qui l'écoutent bouche bée.

Et il ne manque jamais l'occasion de parler de la statice.

Cette plante vivace est également appelée lavande de mer ou immortelle des sables.

Ses fleurs violacées conservant longtemps leur éclat une fois la plante séchée, elle est souvent cueillie sur le marais.

Mais c'est interdit et c'est un délit ! Ces cueillettes inconsidérées par le passé ont entraîné la raréfaction de cette espèce protégée caractéristique.

S'il est sérieux pour faire partager son savoir sur les richesses de son marais et sur les mesures de protection à respecter, c'est aussi un garçon qui aime bien faire des blagues et rire.

Quand il fait visiter sa saline à des touristes, il ne manque jamais l'occasion de faire part de son plus gros souci en tant que paludier :

« Not' métier est lié à pas mal d'aléas ».

« D'abord il nous faut un temps peu pluvieux pour pas qu'le sel ne fonde. Ensuite il nous faut du soleil pour la

---

[17] Lessit = produit pour lessiver le linge

récolte et plus encore quand on va cueillir [18] *et sécher la fleur de sel ».*

« Ensuite, il y a la concurrence ».

« Le bon sel marin c'est chez nous et à Guérande. La grande distribution préfère le sel de Camargue à notre joyau, mais y savent point ce qu'est la qualité ».

« Et puis on a la bête ! Mais vous ne connaissez p't-êt point ».

Un silence pour concentrer l'attention…

« Oui, dans le marais il y a une bestiole qui nous créée bien des ennuis. Elle nous ouvre les vannes, elles fait fondre le sel, elle cache nos outils, elle perce nos berouettes [19] *».*

Et content de son effet, il attend que vienne à lui la question évidente.

« Et c'est quoi ? ».

« Ben elle s'appelle le bitard. Vous connaissez point ? ».

Bien sûr que personne ne connait…

« Un drôle d'animal. Il est à peine trois fois plus gros qu'un beau lièvre. Il s'attrape avec un grand sac les soirs de grands froids en hiver dans le marais ».

Et quand l'attention de ses visiteurs est à son comble, il lâche en se tordant de rire :

« Pour attraper un bitard, il faut deux personnes : un spécialiste du canular et un couillon, n'ayant jamais entendu parler du bitard bien entendu car c'est l'espèce maraichine du dahu ».

Et tous ses visiteurs de rire à leur tour, contents de la blague qu'il leur a fait.

---

[18] Cueillir = récolter la fleur en surface (par contre on dit « couillir » les cerises)

[19] Berouette = brouette

Ces visites font partie du développement de son exploitation, une belle entreprise riche et diversifiée.

Et puis voilà, un jour, vient l'idée d'un ami, un signe du destin !

Son ami le Fion, Luc Poulet le pompier volontaire de l'Époids, lui a proposé d'aller fêter leur anniversaire à Nantes, l'année de leurs 45 ans.

Ils ont l'habitude de dire qu'ils sont jumeaux nés à deux jours d'intervalle et la même année, alors régulièrement ils se retrouvent pour fêter la chose.

Et c'est un peu comme un voyage initiatique tous les ans avec des étapes inévitables, des moments bien à eux, le plaisir quoi !

Tout commence invariablement en fin de matinée par la place du théâtre Graslin avec le célèbre bar restaurant installé juste en face côté rue Régnard, sa cuisine délicieuse, tout autant que sa cave renommée.

Et pour commencer, chaque année on va « tâter » de la Saint Jacques snackée poussée par un Savennières de bonne cave. On prend le temps.

Puis on change d'air.

On descend au quai de la Fosse avec une petite halte gorgeon car la descente a été rude après le bon repas.

Ensuite on traverse la Loire, direction le Parc des Chantiers et la visite aux machines de l'Ile. On profite de ce spectacle, on goutte à l'éléphant en montant sur son dos à 12 mètres de haut, de quoi voir Nantes d'une autre manière.

On va ensuite se désaltérer, car quand même, on est aussi venu pour cela.

Alors direction le quartier du Bouffay. De sinistre mémoire car ayant accueilli en ses murs la prison où furent enfermés avant leur exécution, les prêtres et révoltés vendéens.

Dans ce quartier médiéval, on trouve divers bars à cocktails ou des spécialités de bières…

Bien installés à la terrasse, les deux copains regardent passer les filles. Un passe-temps comme un autre, mais pas des plus déplaisants.

Après avoir fait une belle pause, on peut déambuler dans le quartier et chaque année, nos deux gars s'arrêtent ensuite à la crêperie des Ducs. Une petite galette pour ne pas avoir le ventre vide, et on continue la tournée.

C'est le moment d'aller écouter, pas très loin, un groupe de musiciens locaux dans l'Ile Feydeau, du côté du café mécanique.

Puis il est temps de se muscler pour la suite et de reposer les muscles un peu malmenés par ces balades dans la ville. Alors on remonte vers la taverne de la Place Royale.

La soirée est tranquille et les forces sont revenues pour maintenant passer au clou de la journée. Il faut retourner près du point de départ, près de la rue Jean Jacques. Il y a une belle boite de nuit sympa et bien fréquentée.

Et patatras ! Ils y croisent une sacrée belle brunette…

Certains ont dit que Jean-Pierre eut un sacré cadeau d'anniversaire quand il rencontra Maryse, cette jeune étudiante de 23 ans, venue fêter les retrouvailles de sa promotion dans la boite de nuit, celle où nos deux garçons viennent finir leur journée d'anniversaire.

Un regard.

Un mot.

Une danse…

Un pot.

Un échange…

Le Fion s'est fait discret et vit sa vie de son côté en zieutant quand même sur le Palud, car c'est lui qui conduit pour rentrer.

La nuit avance…

Et on se quitte en se promettant de se revoir à Beauvoir, car la belle a été enthousiasmée par ce que Jean Pierre lui a décrit comme étant sa vie au grand air dans son marais…

Une romance était née.

La tempête mauvaise

Le Mac ausculte le ciel en cette soirée de début novembre. La météo se dit très mauvaise. Le ciel s'est chargé de gros nuages lourds et noirs durant tout l'après-midi. Il est maintenant rouge au couchant et ce n'est pas signe d'une amélioration à venir, au contraire.

Notre gars est sur le pas de la porte et il a les poils qui se hérissent au gré des rafales du vent. Ce dernier a forci dans le début d'après-midi. Il n'a pas encore plu mais cela va venir. La marée est basse demain vers 8 heures 30, et la tempête annoncée ne sera pas encore calmée.

La pression atmosphérique a chuté en quelques heures de manière vertigineuse. Oui le gros temps arrive.

Le patron de Michel lui a demandé d'aller faire un tour avant le lever du soleil pour vérifier si tout va bien sur leur rafiot « *Marin turbulent* » amarré au Port du Bec.

Quand ils sont rentrés en fin d'après-midi après leur travail dans les parcs, le clapot était déjà notoirement plus fort qu'en début d'après-midi.

Notre ami Michel est inquiet. Il rentre pour écouter la météo marine… Fort coup de vent au large sur la zone de Pazenn, allant en se renforçant. Il faut s'attendre à une forte tempête sur Iroise et Yeu les zones météorologiques de l'Atlantique concernant la côte vendéenne.

Les vents seront supérieurs à 55 nœuds avec de possibles fortes rafales, la houle sera grande et supérieure à 4 mètres sur divers points du littoral. L'avis de tempête est annoncé pour la nuit et la matinée du lendemain.

Le Mac appelle son patron qui comme lui a compris que la sortie aux parcs de demain matin devait être annulée. Ils se mettent d'accord pour un contrôle du bateau aux aurores même si la tempête n'est pas encore finie. Une sortie en parcs sera organisée pour le lendemain soir vers 18 heures. Ce sera l'occasion de se rendre compte des dégâts.

Le Port du Bec attend les évènements de la nuit. La soirée avance… C'est le moment où le curé de Bouin se présente avant la fermeture du « Bar de la marine ».

« *Alors Père Shéhérazade, que nous vaut l'honneur d'une visite aussi tardive ?* ».

« *Bonjour cher monsieur Chanseau. Savez-vous qu'une drôle d'histoire m'amène* ».

« *Ah bon ? En attendant que vous nous disiez tout ça, voulez-vous boire quelque chose ?* » demande Ciao.

« *Un chocolat chaud s'il vous plait* ».

« *Et vous voulez pas plus costaud pour vous ragaillardir mon père ? Hein vous v'lez pas bavasser en buvant avec moè ?* » demande le Ciré que les verres du soir ont un peu ramolli même si c'est pourtant pour lui l'heure de rentrer au bercail…

Le bistrotier posant la tasse fumante devant le curé, celui-ci enlève sa barrette, la pose sur le zinc et laisse tomber délicatement deux pierres de sucre dans son breuvage avant de répondre.

« *Ben voilà. J'ai trouvé ce midi, dans la boîte aux lettres de la cure quelque chose de curieux* ».

Il fait une pause qui laisse le temps à l'Absinthe d'interroger à son tour :

« *Vous avez trouvé que donc mon père ?* ».

« *Un préservatif ?* » demande le Ciré en rigolant dans son verre.

Le prêtre hausse les épaules devant une ineptie pareille.

« *Non, j'ai trouvé ça* » dit-il en sortant de sa soutane une enveloppe banale, format standard, qu'il pose sur le bar.

Une page blanche, papier à lettre normal.

Un texte court en collage. Oui des lettres découpées dans un journal et collées sur la page de manière à faire un texte.

Le Ciré regarde mais ne voit pas bien car Ciao et L'Absinthe ont tourné le texte vers eux.

« *Lis donc de Diou* » demande-t-il au maître de maison.

« *À LA MARINE MORT DISPARU* ».

Le moins que l'on puisse dire est que le texte est on ne peut plus interpellant.

Est-ce à dire qu'une personne va mourir ici ?

Cela met les pétoches au Ciré qui annonce tout de go qu'il va rentrer chez lui pour pas voir ça !

Est-ce à dire qu'un meurtre va avoir lieu entre verveine et troussepinette ?

Ou bien peut-on imaginer que le Mareuil ne sera pas suffisamment frais et occasionnera une prise becs qui dégénérera ?

L'Absinthe se signe et plutôt deux fois qu'une.

« *M'sieur l'tchuré* [20], *j'ai peur asteur* [21]. *Les gendarmes y font quoi ?* ».

---

[20] Tchuré = curé
[21] Asteur = maintenant

« Les gendarmes ne font rien, je ne leur ai pas parlé de ce torchon ».

Est-ce à dire que quelqu'un de connu dans ce bar va très prochainement disparaître, voire a déjà disparu ?

À la réflexion, Ciao et l'Absinthe se dise que les clients habituels semblaient tous en bonne santé en sortant du bar en fin d'après-midi.

Et puis à cette saison, il n'y a pas de touristes encore moins à la nuit tombée dans ce port.

Le Ciré la main sur la poignée de porte se retourne et demande alors :

« Moi j'cré ben qu'c'est Ciao qui voulait augmenter son chiff' d'affaires... Alors père Shéhérazade, il vous a fait venir avec ce papier pour que vous achetiez une boisson... Ô l'a pas de petit profit ! À tché faites [22] *! »*.

De la discussion avec les tenanciers du bar, le père Korsakov ne retiendra que le conseil d'aller à la gendarmerie le lendemain pour montrer son papier.

Il est alors temps pour l'homme d'église de payer, saluer et tenant la barrette à la main de peur qu'elle ne s'envole, s'engouffrer dans sa Dodoche pour rentrer à la cure.

Et il y arrive alors que le temps se gâte vraiment.

La pluie inonde tout.

Violente, épaisse penchée sous les rafales, elle s'insinue partout. Elle tape, elle cingle, elle déplace, elle entame ses destructions.

Très vite les cheneaux débordent et déversent leur trop plein sur les trottoirs et dans les rues, alors que les caniveaux ne suffisent plus.

---

[22] À tché faites ! = à bientôt

Le vent secoue les arbrisseaux, les tamaris sont pliés, les fils se balancent à qui mieux mieux alors que les enseignes tentent de tenir.

Depuis le port on ne distingue plus depuis longtemps les côtes de l'Ile de Noirmoutier.

Bientôt on aura même du mal à distinguer le phare d'entrée du port du Bec.

Et ce maudit vent forci encore. Il se met à hurler.

La nuit devient noire...

Le ragouillis [23] perceptible en permanence est devenu une série de chocs violents.

Comme on dit en patois, ça racasse et ça racasse [24] !

Les vagues pénètrent dans le port et heurtent l'écluse au fond de celui-ci.

Le Pays du Gois s'enferme derrière ses volets.

Il ne serait pas étonnant que dans les maisons les plus anciennes quelques vieilles personnes soient agenouillées au pied de leur lit pour prier et demander au Bon Dieu de calmer les éléments déchainés.

La nuit sera bien mouvementée pour tous.

Les chiens se sont réfugiés dans les niches ou à l'intérieur. Et ils aboient tant ces bruits leur font mal aux oreilles.

Aux hurlements des rafales, plus forts encore que ceux des chiens, se mêlent des bruits divers, des choses qui tombent, d'autres renversées et qui courent dans les rues.

---

[23] Ragouillis = clapotis
[24] Racasse = de racasser, faire un bruit violent

Au Port du Bec, le vacarme est impressionnant et les bateaux comme leurs amarres souffrent, mais combattent vaillamment.

Les filins claquent, les pieux se plaignent par de forts grincements tant les bateaux sont drossés sur eux.

Au « *Bar de la Marine* » Ciao est réveillé par un vacarme pas possible sur sa terrasse.

Il a pourtant rentré toutes les tables et chaises. Il ne reste que son armature de store qui a été bien enroulé et fixé… Serait-ce cela que le vent a emporté ?

Au petit matin, avant le lever du soleil, quand il tentera un premier coup d'œil depuis sa fenêtre de chambre, il constatera à la lumière de sa torche qu'effectivement cet auvent n'est plus là.

« *Ma bonne chérie, y a du dégâts. Le vont en avoère des choses à garocher* [25]*, l'en a partout !*».

Plus tard il constatera qu'il lui manque aussi un lampadaire de la terrasse…

Il le retrouvera dans la matinée, arraché, tordu et planté dans le mur de son abri à poubelles.

Un coup d'œil sur le port. Les bateaux sont encore bien secoués mais déjà le vent a fléchi.

Il se dit qu'il va ouvrir le bar, car il va rapidement y avoir du monde avec tous les gars venus pour constater les dégâts éventuels.

Bien vite le premier client sera le Mac.

Il fait un point rapide en attendant son café. Des dégâts mineurs aux bateaux d'après ce qu'il a pu constater.

---

[25] Garocher = se débarrasser, jeter

Plusieurs appontements en bois ont été détruits, mais la plupart des pieux sont intacts. Par contre des planches ont été arrachées ou cassées.

Le drapeau de l'écluse a disparu, le poteau indicateur de fin de commune de Beauvoir est plié, et le long de certains bâtiments le vent et ses tourbillons ont entassé divers objets, tout comme sur la digue et à l'entrée du chenal du port.

On y trouve pêle-mêle cordages, polystyrène, bouée, morceaux de plastique, la poubelle du parking des camping-cars, du bois flotté venu d'on ne sait où et de la terre, du sable, des herbes, du bois, des papiers, des canettes...

On trouvera au lendemain matin, quand le phénomène s'étouffera, deux choses inattendues dans un de ces tas de détritus: un téléphone en mauvais état mais récent et un document espagnol bien détrempé !

Il seront rapportés au bar, seul lieu ouvert en ce lendemain de nuit de gueule de bois.

En fin de matinée, il faut se remettre le gosier en ordre et le bistrot de l'ami Ciao ne désemplit pas.

Et bien entendu on parle du vent, on parle des dégâts et on suppute que dans les parcs il y aura des choses pas belles à voir.

« *Allez Ciao, pas la peine d's'émoyer avant le temps. Donne me donc un autre pastis* » demande le Ciré.

Pour changer de discussion, le Fion qui est venu lui aussi faire le « plein » demande alors en s'adressant au Mac :

« *Dis donc, quel est le comble pour un marin ?* ».

N'obtenant pas de réponse il répond à sa place :

« *Ben avoir le nez qui coule !* ».

C'est alors Jérémie, le gars Mimi, le prince des palourdes, qui entre.

Sa curiosité l'a fait venir en cette fin de matinée.

Il faut dire aussi que la tempête a pour l'instant chassé tout acheteur potentiel de fruits de mer d'autant que son étal est quand même un peu maigre….

Chez lui pas de dégât. Par contre le carrelet de son voisin a été arraché et il est surement pas le seul avec ce qui s'est passé cette nuit.

Quand on vit comme cela de la mer, une tempête impacte toujours plus les gens de mer que le villageois dans le bourg de Bouin.

Le Mac veut en placer une et demande si l'on connait l'histoire du gamin à qui ont dit de bien travailler. Même si on a l'impression de la connaître, il est de bon ton de dire que c'est une blague méconnue… Et en plus elle est à la gloire des professionnels de la mer.

« Oui mon fils, on est là pour travailler. Oui et pas la peine de rouscailler, on est sur terre pour travailler. Et le gamin de répondre : alors demain j'serai marin ! ».

Et au milieu de la rigolade générale, la porte laisse passer deux hommes en uniformes : Marc Dubout le chef de la brigade de gendarmerie de Bouin et la Moule, le gendarme François Truton.

Droits dans leurs bottes qu'ils n'ont pas, dignes représentants de la gendarmerie nationale, les voilà qui avancent tirés à quatre épingles, le doigt sur la tempe et le calot.

« Bonjour la compagnie ».

« Bonjour messieurs. Vous faites le tour pour mieux connaître les dégâts ? ».

« Nous sommes restés toute la nuit sur le qui-vive, nous sommes sortis une dizaine de fois avec les pompiers car il y

a même eu des inondations dans un lotissement et nos collègues de Beauvoir ont eu le même problème. Mais en fait on vient pour autre chose ».

« *En attendant je vous offre un verre, c'est l'heure de l'apéro ?* » demande l'Absinthe.

« *Non, merci* » dit le chef, qui embraye « *nous venons suite à la lettre anonyme que le père curé de Bouin vous a montré hier au soir* ».

« *Et que voulez-vous savouère* [26]*?* » demande le Mac.

« *Est-ce que vous avez constaté des choses anormales durant les dernières 24 heures ?* ».

« *Du vent* » dit le Fion avant de stopper net en voyant le regard agréablement noir et crispé du chef gendarme.

« *Oui messieurs* » répond l'Absinthe.

« *Et j'peux vous dire qu'c'est ben étonnant c'te chose là ici ! Branlez poet de là* [27] *! Je r'viens !* ».

Elle part dans son arrière cuisine et revient en portant des choses qu'elle pose sur le zinc devant les gendarmes.

« *V'là t'y pas qu'on nous a amené ça ô matin* ».

« *Un gars mais qu'est pas du coin* ».

« *Il aurait trouvé ça sur la digue du Dain, à l'entrée près de l'écluse. Il s'était arrêté pour un besoin pressant. Et il avait été jeter un coup d'œil sur la baie à peine remise du plus fort de la tempête. La houle encore forte avait des heures durant projeté des détritus sur les rochers d'empierrement. Son regard avait été attiré par le papier et la photo* ».

« *Ça vous étonne messieurs ?* ».

« *Et comment il s'appelle vot'gars ?* ».

---

[26] Savouère = savoir
[27] Branlez poet de là ! = bougez pas de là !

« *J'en sais rien et mon mari non plus, n'est-ce pas Manu ?* ».

« *Badame* [28], *non* ».

« *Attention, c'est tout enfondu* [29] » leur dit-elle en tendant les trouvailles encore trempées.

Et nos deux militaires examinent ce qu'elle vient de leur apporter.

Le téléphone, c'est pas sûr qu'il marche. Il est arrêté et il faut un code pour le redémarrer.

« *On va emmener le téléphone. On verra si on peut le décoincer à la brigade. Sinon on le mettra aux objets trouvés* ».

« *Et ça semble être un papier d'identité, mais il est étranger* » ajoute la maîtresse de maison.

« *Oui en effet. Sûrement espagnol* ».

Un silence s'installe dans la salle.

Le Mac en bon marin qu'il est, relance le propos :

« *Vous savez si un bateau de pêche espagnol a pu couler au large ou a eu des avaries ?* ».

« *Non, nous n'avons pas d'information à ce sujet. Mais revenons à nos moutons. La lettre anonyme du curé, vous en pensez quoi ?* ».

« *Ben pas grand-chose. On ne connait ni mort ni disparu dans les clients du bar* » répond Ciao.

« *Avez-vous connaissance d'un évènement, d'une altercation soit entre gens du pays soit avec ou à cause du curé de Bouin ?* ».

« *Non* ».

---

[28] Badame = évidemment
[29] Enfondu (ou enfindu) = trempé

« *Et vous messieurs ?* » demande la Moule au Ciré et à la Chemise qui vient d'entrer et ont entendu la question.

« *Les seules engueulades avec le père Shéhérazade c'est quand on parle de Dieu. Moi je soutiens que c'est de la fumisterie et lui se met en rogne !* » dit Paulo la Chemise.

« *Mécréant de mécréant !* » lui répond l'Absinthe.

Il est clair que ce n'est pas là que nos militaires vont trouver le moindre indice pour comprendre la missive du corbeau.

De retour à la brigade, le chef demande à la Miss de faire le tour des hôpitaux les plus proches…

On ne sait jamais si quelqu'un avait été hospitalisé pour des raisons suspectes…

La journée se poursuit.

Le ciel reste chargé, les nuages sont lourds.

Le soleil a bien du mal à se faire respecter !

Pendant ce temps au Port du bec, on scie, on cloue, on répare, on remet en état.

Les plus téméraires sont sortis pour une première inspection et mesurer les conséquences de ce grand coup de vent. Au retour on mentionnera quelques dégâts, des sacs à remettre en place, des tables un peu remuées, mais rien de bien important.

Au Bar de la marine, la matinée est terminée. Marthe a préparé son repas du midi. Elle a fini de nettoyer ses légumes et sort jusqu'à son abri à poubelles pour y jeter son compost.

Et là, surprise ! La même surprise que celle qui va sidérer son mari quand elle va rentrer au bar avec dans la main gauche son seau à compost vide et dans la droite un bel objet, genre grand verre à pied, en métal, brillant avec un couvercle avec des pierres qui pourraient bien être précieuses.

Elle ramène ce qui était posé sur le compost dans le bac.

Un fois posé sur le zinc, tout le monde s'approche de l'objet. Le Ciré, tellement plus attiré par la boisson que par l'église, pense de suite à un verre d'apparat comme il en a vu dans la salle à manger du château de Terre Neuve près de Fontenay le Comte. La Chemise, tout autant pour contrarier l'ancien que pour avoir l'air intelligent dit qu'il penche plutôt pour une coupe médiévale remise au chevalier ayant gagné le tournoi.

« *Ouaïe* [30]*... Sûrement ! On voit ben que tu r'gardes trop la télé. C'est y pas dans Intervilles qu't'as vu ça !* » se moque le Ciré.

Paulette la serveuse s'approche, touche l'objet et ose :

« *Je pencherais bien pour un objet de culte. Un ciboire ou bien un calice par exemple* ».

« *Sois précise* » demande notre Paulo.

« *Calice, ciboire, c'est kif-kif. On se verse une goulée de vin de Mareuil et hop pendant la messe le cureton peut se pinter tranquillou !!!* » répond le Ciré en se tordant de rire.

On demande l'avis des tenanciers.

Ciao dit ne pas savoir, d'autant que sa dernière visite à l'église de Bouin date de quelques temps. C'était pour le baptême de son neveu tout bébé, le même qui a fêté ses 20 ans en juillet dernier ! Alors ciboire, citrouille, calice, Cadix ça se ressemblent tellement d'après lui !

Marthe, appelée, revient de sa cuisine. Et là, péremptoire :

« *Cela ressemble à un ciboire. Oui, oui, un ciboire* ».

Paulette complétant :

---

[30] Ouaïe ou vouaïe = oui

« Oui un ciboire ! Et ce n'est pas pour boire mossieur Ciré mais pour y entreposer les hosties dans le tabernacle ».

Tilt ! Et si le père curé avait été victime d'un vol ? Ciao l'appelle immédiatement.

Le père Shéhérazade avoue ne pas être allé à l'église mais qu'il pense y aller à midi pour vérifier si le clocher a bien tenu le coup.

Mais avant il avait été mandé par une famille du Pré Blanchard pour une veillée mortuaire. Le grand-père ne passera pas le cap de la centaine, lui qui venait de fêter ses 99 ans au début d'octobre.

Quelques instants plus tard, le téléphone vibre au bar de la Marine. Oui il y a eu vol au presbytère de Notre Dame de l'Assomption. Le ciboire a disparu.

« Si boire n'existe pus, mais où va-t-on bon Dieu ! Y a pu qu'à nous demander de passer l'arme à gauche » s'exclame le Ciré…

« Non, non, moi ce s'ra à droite, et sus aux soviets bordel ! » rétorque la Chemise en vidant son verre.

Voilà de quoi alimenter les vannes chez les piliers du Bar de la Marine et en premier notre anti-soviets maison qui s'esclaffe en demandant un frère jumeau à son pastis précédent :

« Ciboire, ciboire ! Mazette, ça fait soeff ! Le même Ciao s'il te plait ! ».

« Marthe te fais quoi pour le déj'ner ? » demande-t-il ensuite.

« Ben salade et rôti de porc froid. Un fion [31] *en dessert. Mais y en a pas pour toè ! ».*

---

[31] Fion = flan maraichin

Le Ciré ne peut s'empêcher alors de philosopher :

« Ma chère Marthe, il faut quatre homme pour faire une bonne salade : le prodigue pour l'huile, l'avare pour le vinaigre, un sage pour le sel et un fou dédié au poivre... ».

« Ben voilà ! Tu parles d'une salade. Et pis le rôti, hein ? Tiens une devinette ! » dit la Chemise qui continue devant les yeux interrogatifs de ses collègues de bistrot.

« Quelle est la différence entre un marin et un charcutier ? Hein ? ».

Tout le monde donne sa langue au chat ou du moins au Paulo que tout le monde trouve en verve ce matin.

« Ben facile ! ».

« Le charcutier voit le porc avant de voir les côtes, et le marin voit la côte avant de voir le port ... Mais c'est pas sûr qu'not' monde y soye si bien fait que ça ! » termine la Chemise.

Les gendarmes ne manquent pas d'affaires à résoudre

La brigade de Bouin a du pain sur la planche.

Il y a des rondes à faire suite aux dégâts car il ne manquerait plus que des rodeurs se lancent dans du pillage.

Il y a notre énigme de la lettre anonyme déposée à la cure.

Il y a les papiers d'identité d'un inconnu retrouvé après les bourrasques, de surcroit ceux d'un étranger dont on est sans nouvelle.

On a toujours un smartphone inconnu sur les bras.

Et voilà le père curé qui vient annoncer un vol dans sa sacristie. Il paraitrait que l'objet du vol a été retrouvé dans une poubelle au Port du Bec…

Vous parlez d'une pagaille, surtout à cette période quand les touristes ont déserté le lieu.

Le chef répartit les tâches.

La Miss va rechercher le type dont on a la carte d'identité.

La Moule et Colbert, en fait les gendarmes Truton et Louvois, sont chargés d'enquêter tant à la sacristie qu'au Bar de la Marine.

Avant qu'ils ne partent la gendarme Thibault appelle selon la demande de son chef.

D'abord Challans, car c'est l'hôpital le plus proche. Rien de particulier n'est signalé.

Ensuite elle appelle Noirmoutier et le SSR adultes qui ne peut rien répondre.

À Saint Gilles-Croix de Vie on ne mentionne pas plus d'arrivée particulière à l'hôpital.

À La Roche Sur Yon, on ne lui donne aucune réponse positive à ses questions, tant à la clinique Saint Charles qu'au centre hospitalier.

Alors dernière tentative en Vendée. Elle appelle Montaigu et son hôpital local. Pas plus de chance qu'avant.

Il en sera de même pour les établissements de Machecoul et de Pornic dans le département voisin.

Avant d'abandonner, la Miss se dit qu'un appel à Nantes ne peut pas faire de mal. Alors elle tente le plus grand établissement de la région, le CHU.

Son interlocutrice bien gentiment va lui faire une synthèse de la soirée et de la nuit.

Les soulards habituels, les accidentés de la route, une tentative de suicide, l'appendicite du soir, l'accouchement prématuré dans la voiture des pompiers, et les nombreux en mal de vivre…

Toute la bobologie d'une grande ville où l'absence de contact avec ses voisins ne fait que rendre les instables encore plus instables et les demandeurs de câlins encore plus en manque ! Sans parler des soirées abondamment arrosées…

Pour nous résumer, rien non plus.

Un blanc au bout du fil, puis une exclamation :

« Ah si, j'oubliais. On a trouvé un gars en très mauvais état dans l'eau dans l'anse du Boucau. En si mauvais état qu'il a été hélitreuillé jusqu'au CHU. On ne sait rien, ni qui il est ni d'où il vient. Il y avait près de lui un morceau de polystyrène qui avait dû lui servir de bouée. Il est en réanimation ».

« *Merci beaucoup, je me renseigne auprès des secours.* *Au revoir ! »*.

Et la voilà qui reprend son bâton de pèlerin et en l'occurrence son combiné.

Les pompiers qui sont intervenus pour le sortir de l'eau mentionnent juste un gars en ciré. Sûrement un marin.

Du côté des affaires maritimes, une information vient enfin conforter notre Marianne dans sa quête.

Oui une alerte a été lancée dans l'après-midi pour un petit chalutier en perdition.

Le bateau s'est échoué sur les cailloux de Saint Gildas, la pointe nord de la baie de Bourgneuf.

Le capitaine était sain et sauf, mais terriblement traumatisé par la disparition dans les flots déjà tempétueux de son marin.

Le bateau a été dévasté, déchiqueté. Le canot a été arraché, les bouées ont disparu. Les affaires personnelles dans la cabine ont toutes été emportées par l'eau.

Quand notre gendarme demande plus d'information sur le marin disparu, on lui indique que le capitaine avait donné comme identité de son gars : Manuel Arrantxa, et son port d'attache Berméo en Biscaye.

Bingo !

Les mêmes nom et prénom que sur la carte d'identité.

Alors les divers services vont enfin communiquer et le CHU de Nantes pourra mettre un nom sur son semi noyé de Préfailles.

Reste à savoir si le téléphone est celui du marin espagnol. On attendra qu'il se réveille de son coma pour l'interroger. Pour l'instant on conserve le tout à la brigade d'autant que cela importe peu dans la suite de cette affaire.

Le duo la Moule - Colbert décide d'aller en premier au Port du Bec. À leur entrée au Bar de la Marine, il ne peuvent pas rater le spectacle.

Au beau milieu du zinc trône le fameux objet, un peu comme si Marthe et Manu avaient installé la coupe du monde de football, bien en évidence devant les caméras de télévisions du monde entier !

Y a même le Ciré et la Chemise qui posent alors que Ciao est en train de les photographier avec son smartphone !

La Moule est de suite frappé par le spectacle peu commun, alors que le collègue Colbert est resté sur la pas de la porte pour saluer un ouvrier du chantier voisin.

« *Salut la compagnie* ».

« *Bonjour messieurs* » répond Ciao.

Ce petit échange suffit à l'Absinthe pour sortir de sa cuisine. Elle s'essuie les mains sur son tablier :

« *J'ai les pognes toutes mouillées. J'étais en train de passer la since* [32] ».

De suite les gendarmes se disent que leur travail ne sera aucunement facilité !

Le ciboire est passé entre toutes les mains des présents chez Ciao, celle du voleur, et il y a fort à parier que les recherches de la gendarmerie ne donneront rien de probant.

Non pas d'empreinte exploitable.

Ils se saisissent avec précaution (et même avec des gants !) de l'objet et le mettent dans un sac.

Au moment où ils vont quitter le bar, la Chemise les apostrophe.

---

[32] Passer la since = passer la serpillère sur le sol

« *Attention, allez-y mollo, parait qu'c'est un objet de cul !* » s'esclaffe-t-il, s'attirant des haussement de sourcils et d'épaules.

Au presbytère, rien de plus, aucune trace, car il s'agit d'un voleur raffiné ayant fait un travail soigné, et qui a choisi la seule pièce de valeur !

Oui, mais si c'est une pièce ayant de la valeur, alors pourquoi abandonner son larcin dans un bac à compost une nuit de tempête dans le village de L'Époids ?

Serait-ce que le voleur a prémédité son geste pour avoir fabriqué sa lettre anonyme et l'avoir déposée à la cure ?

Bizarre !

Pourquoi dans la lettre anonyme avoir parlé de mort. Disparition on comprend que cela pourrait être le vol. Mais un mort, est-ce que cela cache autre chose de plus violent, de plus macabre ?

Faut-il rechercher dans les faits divers passés ?

À priori non, car il n'y a pas eu de crime de sang ces derniers temps sur la région.

Voilà de quoi donner du grain à moudre aux enquêteurs.

Le Juteux se lance dans une recherche de faits similaires dans le département. Il recherche des vols dans les églises. Il recherche également dans les archives si des receleurs ont été identifiés sur des trafics d'objets du culte.

Il y a bien longtemps, une affaire avait défié les autorités avec des vols commis dans l'église et les demeures de La Garnache, mais c'est trop ancien.

On avait eu aussi au début du siècle précédent le curé de Saint Jean de Monts qui avait constaté de nombreux vols, en fait des larcins commis par un gamin qu'il avait refusé comme enfant de chœur…

Tout avait été retrouvé dans la grange à foins de ses parents.

Et comment ne pas penser à une histoire qui s'est déroulé non pas en Vendée mais à Montoire où le curé Doat avait cambriolé plusieurs églises du secteur il y a une dizaine d'années, uniquement pour se doter d'une collection extraordinaire d'objets du culte ! Mais c'est un épisode ancien et hors la région.

Non il faut qu'il se penche sur l'affaire de Rocheservière, un cambriolage de l'an passé, le 24 juin.

C'est une affaire qui n'a pas trouvé de solution quant à l'identification de ses auteurs, mais qui a été partiellement résolue.

L'église a été visitée et le tabernacle fracturé.

Le ciboire de l'église Notre Dame a été dérobé, les hosties consacrées volatilisées, le tout sans bruit et quasiment au vu et au su de tout le monde. Il y avait en effet une adoration en cours dans la chapelle attenante…

La paroisse fut profondément choquée par cette profanation…

Le ciboire fut retrouvé un mois plus tard… vide au fond des douves de Montaigu !

Et l'analyse d'éventuelles traces et empreintes s'était révélée sans suite.

En épluchant le dossier demandé à ses collègues de Rocheservière, l'adjudant n'extrait aucune piste, aucun indice si minime soit-il qui pourrait faire le lien avec son ciboire de Bouin.

Il faut maintenant élargir les recherches. La première à faire est de contacter la brigade voisine à Beauvoir. Non rien là-bas et de toutes façons l'église romane est en travaux lourds de restauration intérieure et de certains murs de soutènement si bien qu'il n'y a rien à voler en cours de semaine.

Alors il faut contacter la grosse brigade du littoral, celle de Saint jean de Monts.

Il appelle et c'est Phiphi qui lui répond. Le gendarme Jean Philippe Horrot n'a pas de dossier en cours pour des larcins dans les bâtiments officiels ou dans les chapelles et églises.

Il faut dire que dans la station balnéaire, la période de vols et détériorations est finie depuis que les vacanciers sont repartis, surtout les voyous descendus des banlieues de Nantes et de Paris.

Phiphi note et rappellera si quelque chose vient aux oreilles de ses collègues ou de lui-même…

Le Juteux se dit que pour finir ses appels, il va tenter la brigade de Challans. Il n'aura pas plus de succès.

Il n'y a rien de semblable et même pas de larcins ces derniers jours. La commune semble entrer doucement dans la léthargie de l'hiver juste avant les couacs et agressions des fêtes, quand les malfrats ont besoin de sous pour fêter la fin d'année !

A Bouin, le major Dubout, en réfère au procureur sur tous les dossiers en cours. Sur la demande du proc il décide de lancer ses troupes sur une enquête de voisinage, car la lettre et le vol sont quand même bizarre. Il doit bien y avoir quelqu'un qui a entendu quelque chose ou qui sait.

La Miss et Colbert vont enquêter auprès des fidèles de la paroisse de Bouin.

Ils vont avoir de quoi écrire un roman de jérémiades de la part des grenouilles de bénitier. Au sortir de l'église, la première personne rencontrée est la dame patronnesse Surimeau.

Marceline, car il s'agit bien de notre Marceline Surimeau, n'arrête pas de lancer au ciel des incantations ce qui ne fait guère avancer les militaires dans leur quête d'indices.

Avant de faire le tour des commerces et particulièrement de la boulangerie pâtisserie de la rue Guitteny, ils entrent à la maison de retraite. Ils savent qu'ils vont sûrement trouver un des vieux ayant passé son temps à surveiller ce qui se passe dans la rue.

Ils rencontrent sœur Marie Clémence, l'infirmière de la maison de retraite. Non elle ne peut rien dire.

Alors ils questionnent les résidents présents sur les bancs du jardin. Ils ont tous quelque chose à dire.

Le doyen, le père Calixte, est en train de se faire une sieste pré apéritive sur un des bancs du jardin. Les militaires l'interrompent dans ses rêveries.

« *Ô va taû* [33] *?* ».

À peine les yeux ouverts, il répond qu'évidemment il a vu des choses.

« *Une traction noire s'est arrêtée en face l'église. Deux gars habillés de sombre, avec des bérets, un fusil à la main, se sont précipités dans la maison de Dieu* ».

« *Vous êtes sûr ?* » demande la gendarme.

« *Badame, pisque j'les ai vus ! Pis y sont repartis en trombe moins d'une minute après* ».

« *Et ensuite ?* » interroge la Miss.

---

[33] Ô va taû ? = comment ça va ?

« *Ben, boum !* ».

« *Boum quoi ?* » demande Colbert aussi étonné que sa collègue.

« *La bombe pardi qu'a explosée* ».

« *Mais y a pas eu de bombe !* » lance la Miss.

« *Ma p'tite dame, vous étiez point née quant' y a eu l'explosion. Oui m'dame. Le 17 mars 43, j'm'en souviens comme d'hier* ».

« *Mais m'sieur on vous parle pas de 1943, on vous pose des questions sur hier* ».

« *Ah sur hier. Si vous l'aviez dit plus tôt ! Ben non, j'dormais, j'ai rien vu !* ».

Sa voisine de banc, la mère Michaud, jure qu'elle n'a rien vu et ajoute péremptoire en réajustant par deux fois son dentier ayant tendance à partir en promenade :

« *Ah pis vous d'vez me crère ! Ô vat ben* [34]*! Y ai pas bougé d'là. C'est pas moè !* »

Le troisième résident ayant encore sa tête et se promenant dans le jardin fera comprendre qu'il ne peut pas leur dire quoi que ce soit… Il est sourd comme un pot….

En fait, en interrogeant un maximum des personnes de l'établissement, il faut se rendre à l'évidence : ils n'ont rien à apporter à l'enquête des gendarmes. Rien de bien tangible hélas, sauf une information qui revient trois fois : on leur indique la présence d'un étranger basané qui a fait du porte à porte la semaine passée.

Il apparait bien vite qu'il s'agit d'un manouche, un vendeur de paniers en osier que sa femme et lui créent dans

---

[34] Ô vat ben = ça va bien

leur roulotte basée près de l'office du tourisme à l'entrée nord de la ville.

Les gendarmes les connaissent bien et vont même leur rendre un petite visite quasiment chaque jour.

Et ne dit-on pas que lorsqu'un vol est commis c'est bien entendu le fait d'un romano qui passait par là ?

Non et cette famille est connue de la gendarmerie. Un vol d'objet sacré ne cadre pas avec ce couple on ne peut plus chrétien et pratiquant…

Dans les commerces, les militaires n'auront aucun succès. Ils iront faire un tour à la petite supérette « Mini U », puis aux autres enseignes pour finir par l'agence bancaire du Crédit Maritime, et même au restaurant du « Coq plumé ».

Si pour les deux derniers établissements il n'y a aucun information à retenir, à la supérette il en est tout autrement…

C'est encore la piste des romanichels que l'on sert à nos gendarmes avec moult sous-entendus… Ah oui il faut les regarder de près ces rastacouères, car partout où ils passent il n'y a que méfaits et surtout des vols. Alors pensez-donc, voler un objet en métal précieux, ça doit bigrement les intéresser…

Les militaires ont beau expliquer que c'est une fausse piste et que les personnes incriminées ne sont pas à soupçonner, c'est en vain.

Ils partent en n'ayant pas convaincu leur auditoire. La preuve en est en voyant la caissière hausser les épaules et se remettre à son travail.

Oui, c'est une tournée bien maigre quant à ses résultats !

Au même moment, comme si cela ne suffisait pas, un homme se présente à la brigade.

Il n'a même pas quitté sa chulotte [35].

Il s'agit de François Le Moal que tout le monde appelle Vasou. C'est un ostréiculteur.

Il habite sur la route de l'Époids, à la limite des deux communes de Bouin et Beauvoir, à quelques centaines de mètres du port.

Il vient déposer plainte car il a constaté des dégradations sur ses parcs.

Et il est affirmatif : ce ne sont pas les résultats de la tempête.

Car enfin, vous avez déjà vu une tempête scier des pignots [36] bien nettement, si nettement que la marque est bien propre.

La preuve !

Et il présente au nez du planton une tige métallique ramenée tout droit de son exploitation en mer.

L'objet a été tranché net.

Ce n'est pas une torsion due aux mouvements de mer, ce n'est pas non plus une brisure.

La tige a été sectionnée avec un engin coupant… sciée. Le trait est net et précis.

Tout cela pour rendre le pignot inutilisable !

Et le Vasou précise qu'il y en a plusieurs ayant subi le même sort.

Le gars dépose plainte.

Quand le planton annonce la chose au major, ce dernier n'a qu'une remarque à faire :

---

[35] Chulotte = la chatoyante salopette cirée pour se protéger de l'humidité et de la vase
[36] Pignot = piquet qui permet de délimiter les parcs à huitres

« *Mais bon Dieu ! Qu'est-ce qu'ils ont tous à nous faire des ennuis comme ça !* ».

Le Juteux lui répond alors :

« *Chef, je crois que c'est l'arrivée des grandes marées qui les rend intenables* ».

Le rush des grandes marées

A la saline de Bertomiaux, Maryse n'a pas entendu son réveil.

Quand elle se lève, son mari est déjà debout. Elle le cherche. Il n'est sûrement pas bien loin.

Maryse s'en va au marché du jeudi à Beauvoir.

Quand elle rentre en mi-journée, son homme n'est toujours pas là.

Elle se résout à mettre le couvert et casse la croûte rapidement. En milieu d'après-midi, elle appelle la gendarmerie.

Elle n'a pas droit à une écoute attentive.

Elle appelle la brigade de Saint Jean de Monts. Elle demande à parler à une de ses connaissances.

Phiphi lui dit de ne pas s'inquiéter. Son Jean Pierre aura fait une balade, une rencontre, il rentrera à la nuit tombée voilà tout.

Maryse ne semble pas rassurée par cela.

Elle appelle le Bar de la Marine. Marthe n'a pas vu le Palud de la journée.

Elle appelle ensuite les voisins, se fait inquiète, alerte toutes les connaissances.

Tout le monde se rend compte de son état de surexcitation et d'angoisse. Et une telle nervosité ne lui ressemble pas. On sent une forte inquiétude dans sa voix.

Mais personne n'a vu jean Pierre ce matin-là.

Elle se rend au Bar de la Marine en fin d'après-midi pour recueillir plus d'informations car c'était le coup de chauffe quand elle a appelé.

Le Ciré, le retraité de la coop maritime est là assis tranquille en train de rêvasser au bon temps où il préparait les articles de pêche dans le vieux bâtiment sur la route de L'Époids. L'arrivée de Maryse le sort de sa torpeur.

« *Alors ma blonde, enfin débarrassée de ton vieux bougon. Pas grave, t'auras vite fait de trouver un jeunot à ta pointure !* ».

Son interlocutrice ne fait même pas semblant de l'avoir entendu. Elle hause les épaules et interroge.

Paupiette lui confirme ne pas avoir vu le Palud.

Marthe ne change pas son propos de la journée et Ciao le mari certifie qu'il ne l'a pas vu depuis au moins deux jours.

La nuit venue, la saulnière rappelle la gendarmerie. L'adjudant connait très bien Jean Pierre comme il a bien connu ses parents.

Il sait le garçon solide, pas du tout tête en l'air, les pieds sur terre, et qui ne lui semble en aucune façon capable de partir et d'abandonner la maison sur un coup de tête.

Il convainc le chef. Pour la brigade, la disparition est jugée inquiétante.

Il fait nuit et, de ce fait, il faut attendre le lendemain et le lever du jour pour lancer une action. Le bureau du procureur est averti et demande à ce que l'on se lance dans des recherches intensives. On décide d'y mettre les moyens.

Battues, examen des étiers, sondages des claires, sondage du Port du Bec, aucune piste ne donne la moindre information.

Les gendarmes démarrent leur journée avec des questions aux pêcheurs et aux paludiers.

Et c'est bien entendu au Port du Bec que se concentre l'enquête. Le gars Putrain sur son rafiot « *Marin turbulent* » n'a vu personne.

Même chose pour deux ostréiculteurs mettant leur plate à l'eau. Ils ont leur cabane dans le Polder sud et leurs parcs au large du port dans la baie de Bourgneuf

Dans les salines que ce soit « « Les Noires » ou « Les Bouchoux », rien non plus, ni du côté de Fourneau le voisin de Bertomiaux qui est à nouveau interrogé.

Tous sont occupés en ce moment. Il vient d'y avoir suffisamment de soleil avant la tempête et ils ont pu hâler [37] suffisamment du sel sur les mulons [38] en plus des trémets [39] déjà bien garnis.

Alors pensez-donc, sauf si un quidam avait traversé un de leurs œillets ou longé leur salorge [40], ils n'ont guère de chance d'avoir vu quelque chose ou quelqu'un.

La Moule et la Miss se dirigent pour finir l'enquête de voisinage vers le Bar de la Marine. C'est la serveuse, Paupiette, qui les accueille.

« *On cherche à savoir si vous vous souvenez de quelques choses d'insolite avant-hier. On cherche des informations concernant Jean Pierre Retourneau* ».

« *Oh mais je m'en doutais. Tout le monde en parle dans Beauvoir et dans Bouin. Un gars aussi connu et aussi solide qui s'rait disparu... Cela fait jaser pardi !* ».

« *Et vous avez des choses à nous dire là-dessus ?* ».

---

[37] Hâler = sortir le sel de l'eau pour le faire s'égoutter quelques heures
[38] Mulon = tas de sel en train de s'égoutter
[39] Trémet (s) = place (s) aménagée (s) sur les talus de la saline pour y stocker le sel après récolte
[40] Salorge = bâtiment servant à entreposer le sel récolté

« *Oh mais y se dit tout simplement qu'il en avait marre de sa bergère et qu'il a tiré les chausses* [41] *comme on disait dans le temps !* ».

« *Et qu'est-ce qui vous fait dire cela ?* »

« *Ben tout le monde sait qu'avec la nana qu'il a, il a dû en avaler des vertes et des pas mûres !* ».

Ciao entrant à ce moment-là ajoute de son côté :

« *Moi je vous dis que depuis longtemps je me serais tiré de là... Même si c'est son exploitation, et son revenu. Mais c'est un gars qui sait se remonter les manches et qui retrouvera vite fait du boulot ailleurs, j'me fais pas de souci pour lui !* ».

« *Vé dans boare un quarte !* » invite le Ciré.

Toute cela ne fait pas avancer l'enquête.

En plus on arrive à la saison difficile : il va y avoir la semaine suivante ce que l'on nomme ici « *Les Grandes Marées* ».

Et qui dit marée avec un coefficient très important, qui plus est le plus fort de l'année, dit mer qui se retire bien plus loin que d'habitude et donc ouverture à de vastes nouvelles étendues de sable pour gratter et pêcher des coquillages, sans nul doute dans l'esprit des pêcheurs plus beaux et plus gros que d'habitude !

Alors il y aura du monde sur le Gois, oui beaucoup de monde. Avec tous ces pêcheurs on doit subir un flot de véhicules étrangers au pays que les gendarmes doivent canaliser, aider, secourir, mais aussi sanctionner en cas de faute ou délit...

Il faut bientôt partager le travail de la brigade entre les enquêtes et la gestion des grandes marées. L'affaire du disparu du Bertomiaux est mise un peu en silence.

---

[41] Tirer les chausses = s'enfuir, partir au loin

Toutefois à la cure de Bouin, la personne attitrée dans la préparation des messes, le nettoyage de l'église, le fleurissement, celle que tout le monde appelle ici « la Grenouille » est en pleine réflexion.

C'est Marceline !

Elle est dans une rage folle : quelqu'un est venu ici dans la maison de Dieu et a profané le lieu. Pour cette vieille femme, c'est comme si on avait profané sa propre maison !

Car enfin ce voleur, c'est d'abord un profanateur. Oui bien sûr, les gendarmes qui ont tellement de pain sur la planche, n'ont pas la même vision. Pour eux c'est un simple larcin et voilà tout.

Et plus elle y réfléchit, plus la mayonnaise monte dans sa tête : oui, il faut que les fidèles de l'église se serrent les coudes et agissent pour retrouver l'objet volé et pourquoi pas faire que les voleurs soient livrés à la justice !

Marceline, le nez au vent et les oreilles aux aguets, est dehors de bonne heure. Elle a réussi à capter l'information sur la disparition du gars Jean Pierre.

Voilà quelque chose d'un seul coup lui paraissant beaucoup plus complexe que d'enquêter sur le vol dans l'église.

Oui mais comment faire ?

Première action : aller trouver le père curé et lui proposer une démarche paroissienne. Quand elle aborde le sujet avec le père Shéhérazade, celui-ci ne voit pas ce que ses paroissiens et surtout ses paroissiennes vont pouvoir faire.

D'autant qu'à y regarder de près, les retraités ne sont guère vaillants. Il y a 3 vieux de la maison de retraite qui viennent là autant pour y trouver de la compagnie que de tomber sur un volontaire pour un petit blanc à la sortie de la messe. Il ne faut pas compter sur eux.

Il y a 5 femmes âgées, dont deux en fauteuil roulant, une avec déambulateur, et deux vaillantes, à savoir la Grenouille, et Sœur pique-fesses ! Cette dernière affublée de ce gentil sobriquet est l'infirmière du village, et est toujours prête à porter secours aux plus malheureux…

Mais elle a du travail, et le père curé se dit que sa grenouille de bénitier risque fort de rester seule à tenter une enquête de grande envergure à la recherche des hosties disparues !

Alors, avec précautions, le prêtre tente d'expliquer à sa paroissienne qu'il ne voit guère les masses laborieuses se souder à la recherche des hosties disparues.

« *Ma bonne Marceline, vous imaginez nos braves amies de la paroisse, allez chercher dans les fossés, sauter les étiers, et crapahuter dans la campagne, avec ce froid et cette humidité qui, vous le savez bien, font tant de mal et réveillent tant de douleurs !* ».

« *Oui bien sûr… Mais on peut quand même pas laisser tomber l'affaire !* ».

Qu'à cela ne tienne, cette bonne Marceline Surimeau, s'en va dare-dare à la vitesse de ses rhumatismes et de ses 85 ans, traverse le village, et entre dans la cour de la maison de retraite.

« *Le refuge des ainés* » se trouve dans une pinède dans une des dernières maisons quand on va vers le port des Champs.

Marceline entre et salue la dame d'accueil.

Puis elle va droit vers le bureau situé juste à côté. La porte est entr'ouverte et l'on y aperçoit une femme penchée sur une paillasse. Elle est en gris, un voile blanc sur la tête.

Il y a là, sœur Marie-Clémence, qui finit sa vie consacrée aux autres en alliant l'aide aux vieillards du

« *Refuge des ainés* » et le service aux habitants de la commune.

Ayant pu il y a déjà bien longtemps passer ses examens d'infirmières cela lui permet d'exercer dans le village comme infirmière libérale.

C'est une petite normande, née à Vierville sur mer. Très jeune, elle semble se diriger vers un métier dans l'enseignement, tant ses dons dans la communication et l'échange font l'admiration de ses parents.

Alors qu'elle attaque sa dix-septième année, Clémence Thibert fait la connaissance d'un jeune homme au bal des pompiers du 14 juillet.

Ils se plaisent.

Ils flirtent.

La nuit est leur amie.

Le jeune homme, de 4 ans son ainé, était en permission et se doit de rentrer à la base aérienne de Rochefort sur mer.

Jean Marc n'y parviendra pas. Dans le matin blafard et humide, il rate un virage avec sa moto à l'entrée de Chaillé les Marais.

Il dérape et son corps en glissade vient heurter un poteau indicateur. Il est tué sur le coup.

Jamais Clémence ne voudra oublier cette nuit avec Jean Marc. Elle refusera de se laisser approcher, puis décidera de fuir ce monde synonyme de chagrin et de peines afin d'embrasser les ordres.

Elle deviendra une sœur de la congrégation de Saint Vincent de Paul et prendra à jamais le nom de Sœur Marie Clémence…

Elle mettra tout son cœur, tout son temps, toute sa gentillesse à venir au secours de ses semblables dans le besoin. Elle a un sourire radieux qui inonde son visage et qui éclabousse la personne avec qui elle parle.

Et là, quand elle aperçoit Marceline, elle est heureuse de la rencontre et comme deux éléments d'une fratrie insoluble, elles se donnent l'accolade.

Elles sont toutes deux bien contrites de la chose. Jean Pierre est un si gentil garçon, et qui plus est un gars d'ici !

Marceline explique sa démarche.

Sœur Marie Clémence en comprend les raisons et bien vite dit à son interlocutrice :

« Ma chère Marceline, on a déjà retrouvé le ciboire, et vous pensez possible de retrouver les hosties maintenant ? Moi je crois qu'elles ont fondu depuis longtemps déjà ou qu'elles sont dans une décharge quelconque ».

« Oui mais si on ne fait rien, cette affaire sera oubliée bien rapidement. Les gendarmes ont déjà tant d'autres chats à fouetter que ce petit larcin pour eux ne représente rien. Peut-être que nous pouvons trouver une piste ? Qu'en pensez-vous ma sœur ? ».

« Bon Marceline, j'ai du travail pour le moment. Je vous propose de revenir vers 17 heures et nous prendrons un thé, les autres pensionnaires ayant été servi en collation ».

« Parfait, à tout à l'heure ».

Et voilà notre ancienne toute guillerette qui repart vers son logis pour réfléchir sérieusement à l'opération. Car à n'en pas douter, c'est une action digne des plus hautes sphères stratégiques, oui, oui, car Marceline a déclaré la guerre aux voleurs !

Pendant ce temps, à la gendarmerie on parle de la gestion des grandes marées, car il faut maîtriser la circulation, le stationnement, mais aussi traiter un plus grand nombre d'incidents et bien plus d'accidents que de coutume.

Dans 8 jours ce sera la journée au plus fort coefficient. Alors on a une petite semaine pour se préparer !

Je ne sais si les gendarmes ont une tactique à appliquer mais il faut surtout que la circulation soit la plus fluide possible.

Le jour dit, tous aux postes, voilà les grandes marées !

Voilà le rush.

Le sable du Gois se trouve envahi d'une marée humaine cette fois-ci, faite de multiples couleurs. Dans cette foule, il y a une famille néerlandaise. Ils sont en vacances à Nantes. Pour tout vous dire, ils sont pour quelques jours chez les parents de la femme du couple.

Adeline est née à Saint Sébastien sur Loire. Ses parents malades et âgés habitent maintenant en ville près de la rue Jean Jacques [42] comme disent les nantais.

Elle a fait des études scientifiques en biologie et a complété sa formation par un séjour à Rotterdam dans le cadre d'Érasmus. Elle y rencontrera Roben, le jour de la fête de la Reine fin avril.

C'est un jeune émoulu de la fac travaillant à Europort où il est traducteur.

Ce sera d'abord un mot échangé, une bière, un schnaps partagé, une soirée chaude comme elles le sont en ce 30 avril chaque année. Très vite le courant passe entre les jeunes gens.

On flirte, puis on se fiance et enfin on se marie.

On se marie d'ailleurs deux fois.

La première noce sera faite à Nantes avec seulement les parents de Roben et son témoin, et une à Rotterdam, avec toute la famille et les amis néerlandais.

Avec les années, ils vont avoir le grand plaisir d'accueillir deux jolis enfants, d'abord Rod, le garçon suivi deux ans après de Kathlyn sa sœur.

---

[42] Rue Jean Jacques à Nantes = nom familier donné par les nantais à la rue Jean Jacques Rousseau

Bien vite le couple s'installe à Rotterdam dans un quartier animé, desservi par le tram.

Ils habitent dans le vieux Rotterdam rue Nieuwe Binnenweg, dans un de ces immeubles vieillots.

En face une épicerie-primeurs, à proximité une supérette et divers commerces tant de boissons que de meubles et d'aménagement intérieur.

Les plafonds sont démesurément hauts, les escaliers très pentus plus proches d'un escalier de meunier que d'autre chose, et tout est plus haut qu'ailleurs, même les miroirs dans les salles de bain ne laissent entrevoir que le dessus du crâne d'un touriste français !

Ils ont décoré avec bonheur leur intérieur.

Toutes les fenêtres sont proéminentes par rapport à la façade. Une étagère intérieure est le support à la décoration qui remplace harmonieusement les rideaux que nous connaissons chez nous.

Et pour ce qui concerne les fenêtres, dans la salle de séjour Adeline y a déposé de beaux pots de plantes grasses. Rob le garçon a installé à sa fenêtre de chambre les outils de sa passion : télescope et lunettes, alors que sa sœur a déposé chez elle des poupées et un nounours géant.

Ils viennent au moins une fois tous les deux ans en France. Et ces jours-ci ils sont en séjour dans les Pays de la Loire, en vacances dans la famille de la maîtresse de maison…

Aujourd'hui, la famille Gudijck est venue au passage du Gois tout exprès depuis Nantes.

Autant dire qu'un appartement dans le centre de Nantes les dépayse, ne serait-ce que par la hauteur de plafond ! Alors des balades au grand air leur font du bien… Ils ont décidé de venir passer la journée au Gois car les grandes marées tombent au milieu de leur séjour. Et les grandes marées, depuis le temps qu'Adeline en parle à son chéri et ses deux ados. Ils ont hâte de voir de quoi il retourne !

Ils savent que ce sera une journée exceptionnelle et peut-être même pour eux la journée de leur vie car ils n'auront peut-être pas d'autres occasions de ramasser autant de ces bons coquillages.

Avant de partir de Nantes ils se sont outillés avec 2 paniers et 2 seaux, ainsi que 4 griffoirs.

Sur place, on met un chapeau ou une casquette, on est tous en shorts mais il faut passer des bottes pour avoir le pied au sec.

Tout le monde est botté, chacun à son panier, et tous ont leur griffe pour chercher dans le sable, sans oublier la nécessaire gourde pour étancher non seulement la soif mais tout autant l'assèchement des lèvres par le petit air salé.

Taïaut !

Déjà les gamins sont à l'œuvre, un peu n'importe comment mais là n'est pas le problème pourvu qu'ils y prennent plaisir.

Adeline montre à Roben la recherche dans le sable. Elle interrompt les enfants pour leur indiquer les astuces et les indices permettant de trouver des coquillages dans la vase. Le trou du couteau, les points où la telline s'est enfoncée, là où l'on peut trouver des palourdes…

Elle montre le geste de la griffe. Elle rappelle à chacun les dimensions minima des coquillages à prélever…

Et hop, tout le monde y va de son griffoir, qui agenouillé, qui penché sur le sable, qui encore totalement plié en deux sans souci d'un éventuel mal de dos, du moins pour le moment !

Les jeunes font le concours du plus gros coquillage, pendant que les parents se concentrent sur le bon geste et la bonne trouvaille.

Les praires battent les coques. Les palourdes sont si belles qu'elles devancent les autres au score. Pour ce qui concerne les couteaux, le fait de ne pas avoir apporté de sel ne donne guère de capacité de pêche. Les tellines peu nombreuses sont, au classement des dimensions, le plus petit coquillage !

Les seaux des jeunes ne se remplissent pas aussi vite que les paniers des parents. Il faut dire que Roben s'est mis en tête de pêcher les plus grosses palourdes et en nombre supérieur à ce que sa chérie pourra ramasser.

Un coup de griffe. Un coquillage que l'on dépose sur le tableau de chasse, et on recommence… Rapidement, c'est une action mécanique dans les gestes. Un observateur ne manquerait pas de faire une analogie avec les « temps modernes » de Charlot, mais au grand air et avec des coquillages !!

Soudain tout le monde se fige quand Kathlyn pousse un cri d'effroi.

« *Help, moeder !* [43] ».

Elle est immobilisée sur place.

Puis elle a un geste de recul, mouvement si violent qu'elle en tombe à la renverse, les fesses dans le sable mouillé…

Le frère rigole et se moque. En fait il ne comprend pas et demande si c'est un crocodile qu'elle a vu dans le trou d'un couteau…

Elle ne répond pas. Elle fixe intensément sa griffe restée plantée dans le sable.

Adeline se relève, l'attention attirée par le cri et constate que sa fille est en proie à une vive émotion.

Roben vient vers sa fille toujours vautrée par terre, le regard démesurément ouvert et fixé sur son griffoir.

---

[43] Help moeder = au secours Maman !

Kathlyn tend le bras et montre à son père ce qui lui a occasionné cette peur…

«*Wat een verschrikking !* [44] ».

Dans les dents de l'outil, il distingue nettement des os.

En regardant de plus près, il semble bien que ce soit ceux d'un doigt.

Oui, un puis deux doigts.

Il faut se rendre à l'évidence, il s'agit d'os humains et plus précisément ceux d'une main.

Peut-être même une main gauche ! Pour s'en convaincre, il suffit de regarder attentivement pour observer qu'il y a un anneau autour d'un de ces os.

Des ossements dans le sable. Quelle horreur !

Le père, tire pour vérifier. Les os d'une main et d'un morceau d'os d'avant-bras.

Kathlyn se relève et va se réfugier dans les bras de sa mère.

«*Ik ben bang !* [45]».

Rob hurle et attire l'attention d'un gratteur voisin de quelques dizaines de mètres.

Celui-ci demande ce qui se passe.

Roben avec son accent prononcé tente de lui faire comprendre l'horreur qu'il a sous les yeux, mais l'autre ne comprend pas. Il approche et à son tour il se fige quand il voit et saisit enfin les raisons des cris de la famille batave. Les chairs autour des os ont disparu après avoir bien certainement fait le festin des crabes et animaux marins.

Alors le collègue gratteur indique qu'il va alerter les secours.

Il récupère son panier et sa griffe et se précipite à sa voiture pour se saisir de son portable qu'il y a laissé.

---

[44] Wat een verschrikking ! = quelle horreur !
[45] Ik ben bang ! = j'ai peur !

Il appelle le 117…

Adeline récupère sous son aile ses deux ados et rentre doucement à la voiture en les calmant et les rassurant si tant est que ce soit possible.

Le père quant à lui est resté sur place pour deux raisons : éloigner les curieux s'il y en avait et surtout bien marquer l'endroit où les enquêteurs doivent intervenir.

Le gratteur est resté sur le passage et orientera ainsi plus facilement la voiture bleue des gendarmes qu'il a alertés.

Les voici dégageant la route avec leur deux tons.

Coupereau, Le Juteux, est accompagné de Colbert.

Au premier contact avec le voisin gratteur, le Juteux décide d'alerter les pompiers.

Ceux de Beauvoir sont appelés avec leur camion de secours aux blessés et ceux de L'Époids qui disposent d'un canot semi rigide sont réquisitionnés également au cas il soit nécessaire de ratisser des zones submergées.

En attendant les voitures rouges, les gendarmes font monter leur indicateur dans leur 4X4 et entrent sur le sable.

Les premiers soldats du feu qui arrivent sur place sont ceux de L'Époids sous le commandement d'Albert Petit, dit le Palet. Quand arrive le véhicule de secours aux blessés de Beauvoir avec deux figures de la brigade, ils sont accueillis par le Palet qui se moque de suite de leur arrivée…

« Vous avez-mis tellement de temps pour arriver que notre gazier non seulement est mort mais il a eu le temps de se faire bouffer par les crabes… ».

Il est vrai que leur action ne sera pas de secourir mais principalement de récupérer !

Alors constat.

Rien à signaler autour, ou du moins tellement de traces à signaler que c'est vain d'en faire état dans un rapport !

Les gendarmes interrogent Roben qui doit expliquer que c'est sa fille qui a trouvé cela. Il leur fait un rapide compte rendu, en cherchant ses mots. Mais on arrive à le comprendre.

Il rejoint alors sa famille à la voiture et quitte le sable…

Des curieux se sont approchés, interloqués de voir les secours entourant un point de la plage où on ne distingue rien ! Les pompiers de Beauvoir font le balisage et la maréchaussée évacue tout ce monde.

Délicatement le Palet propose aux gendarmes de creuser dans le sable autour des ossements. Le Juteux donne son accord mais d'abord on prend des photographies. La main, le gros plan, l'anneau…

Puis délicatement, comme si on devait emplir une cocotte-minute avec une petite cuillère destinée aux œufs à la coque, par petits paquets de sable, on gratte, on surface, on dégage lentement. Les pompiers et les gendarmes se transforment un instant en archéologues. Doucement, méticuleusement.

Mais il faut se rendre à l'évidence : il n'y a que du sable et des coquillages. On déterre totalement les os. Oui, on a bien une main entière, et un morceau d'os de l'avant-bras.

Photographies.

Il semble que ce soit l'attache du radius et l'os a été coupé net…   Comme par une hélice, une scie ou une hache !

Photographies en gros plan.

Colbert les recueille délicatement en prenant bien soin de ne pas faire tomber l'anneau. Il met tout cela dans un sac à indices qu'il ferme avec précautions.

Les 4 pompiers ratissent une zone de plus en plus large en faisant des cercles concentriques depuis le lieu de la découverte. On ne trouve rien d'autre à proximité.

Il n'y a absolument aucun indice, ou du moins rien de visible, car on ne peut pas dire que le terrain soit vierge tant il y a eu des pas à cet endroit. Il y avait déjà eu les piétinements de la famille, et plus encore depuis la terrible découverte avec les rangers « piétineuses » se mêlant aux sandales des uns et des autres…

La marée remonte, il faut évacuer la zone.

Par acquit de conscience, alors que les pompiers de Beauvoir rentrent en ville, ceux du Palet descendent leur bateau dans le peu d'eau déjà recouvrant le sable.

La voiture et celle des gendarmes évacuent et vont se réfugier à côté du vieil hôtel-restaurant de la « *Langouste plumée* » à l'entrée du passage.

Le bateau est mis en marche. Il peut à peine passer car l'eau n'est pas encore très haute, mais la marée progresse et cela va rendre l'opération facile.

Les hommes des secours peuvent alors poursuivre plus largement leur inspection. Le courant dans la baie charrie du sable et des alluvions ce qui va rendre les observations et les recherches de plus en plus ardues. On sonde maintenant sur une plus grande superficie. Mais rien n'apparait, ni objet insolite en ce lieu, ni vêtement, ni corps…

Par radio le Palet informe les gendarmes et son collègue restés sur la terre ferme. On abandonne là les recherches…

La presse pourra titrer le lendemain :

« *Étrange et horrible découverte au passage du Gois : un squelette démembré trouvé sur le sable des Grandes Marées* » !

Les deux pompiers de Bouin rentrent mais sur le chemin s'arrêtent devant le Bar de la Marine à la sortie de Port du Bec.

Il faut se remettre du choc de cette vision. Car pour l'un comme pour l'autre, c'est une première dont ils se seraient bien passé !

Un demi bien frais, ça va remettre les idées en place !

Manu Chanseau, est au service derrière son zinc. Il vient de servir un ballonnet de blanc à un vieil habitué du lieu, Paul Arnal, la Chemise.

« *Salut les pompons ! Comment allez-vous bien ce midi ?* ».

« *Ah ben mon, gars, si t'y savais ! On revient du Passage. On y a trouvé un bout de cadav'* ».

« *Rien qu'ça mon vieux !* » répond le Mac.

« *Un cadav' de cigogne ?* » demande la Chemise, en tenant son verre à la main, toujours prompt à veiller à ce que le breuvage ne s'évapore pas… La réponse du Palet va lui faire bien vite reposer le tout, tant le choc de la surprise le fait trembler.

« *Ben non ! Un gazier ou une gazière. On a retrouvé son alliance et sa main… Le reste est on ne sait pas où !* ».

« *Que donc ?* »

« *Oui un macchabée* ».

« *Un assassinat ?* » demande Ciao, avec ce mot qui fait sortir sa femme Marthe de l'arrière cuisine. Elle était en train de préparer les sandwiches que les clients de passage le midi vont lui demander. D'autant qu'ils sont connus de partout ses gros et délicieux sandwiches de charcuterie. Du local et du sacrément bon !

« *Un mort chez nous* » ne cesse de marmonner celle que le village appelle l'Absinthe.

« *Pas sûr ! C'est peut'êt' ben un gars qui s'est fait couper la main par une hélice de bateau et qui s'est ben neuillé* [46] *au large…* » répond le Palet.

Stupeur chez les habitués et déjà des scénarii s'échafaudent, d'autant que Ciao n'est pas à une blague ou un calembour près :

« *Moi j'sais. C'est une fille !* ».

---

[46] Neuillé = noyé

« *Comment qu'tu sais ça ?* » lui demande le Palet.

« *Y a un gars qu'avait demandé sa main à son père et quand il en eu marre et que la main ne lui servait plus, il l'a jetée dans la baie, tout simplement !* ».

Quelle folie s'est emparée du pays ?

Au Bar de la Marine, les pompiers sont partis.

Le bistrot est anormalement resté silencieux, ce qui n'est pas la situation habituelle. Tout le monde reste sur cette désagréable impression de vivre à côté d'un évènement sans savoir en fin de compte de quoi il retourne… Dites donc, c'est pas tous les jours qu'on a un truc pareil à se mettre sous la dent !

Un cadavre à Bouin, de mémoire d'homme y en a jamais eu, sauf peut-être pendant la grande guerre, mais le souvenir en a disparu chez la grande majorité des habitants de la région.

Attention, hein, quand on dit la grande guerre on parle bien entendu de celle de Charrette et de ses Paydrets [47] contre les soldats sanguinaires de la République tout nouvelle.

Ou bien encore 2 ans plus tôt, toujours cette guerre oubliée au moment de l'attaque de Noirmoutier pour y déloger les « brigands » et tuer leur chef D'Elbé déjà blessé !

Le Ciré entre au moment où le camion rouge démarre.

« *Salut la compagnie !* ».

Chose anormale, personne ne lui répond. Tout le monde reste comme figé, glacé.

---

[47] Paydrets = à l'origine habitant du pays de Retz (pays d'Retz). On attribua ce nom aux soldats de Charrette car dire qu'ils ont une origine proche de Nantes est une menace plus grande que si l'on avait dit que c'étaient des gars des Brouzils

Chacun est en train de mouliner la nouvelle dans sa tête, sûrement pour vraiment s'en imprégner tant il s'agit de quelque chose d'extraordinaire !

« *Qu'c'est y donc ? Vous m'faites la gueule ? J'ai fait quêque chose que fallait pas ? J'ai oublié de faire ? Y a quêqu'un qu'est parti sans payer ?* ».

« *…* ».

« *Mais bon Dieu, on peut me dire c'qui se passe ici ?* ».

« *Ben pire* », répond le patron.

Pire que de ne pas payer, cela lui semble dans un premier temps si incongru qu'il n'imagine même pas la chose possible.

« *Alors c'est-y l'Absinthe qu'à fait faire un malaise à un client rien qu'en le fixant du r'gard ? Hein c'est pour ça que les pompiers sont venus pour soigner l'client et pour maitriser la jalousie du patron ?* ».

La Chemise a un avantage sur son collègue de zinc : il était là à l'arrivée des sauveteurs, enfin des hommes en bleu et rouge car en l'occurrence ils n'ont eu personne à sauver !

« *Mon bon Ciré, te sais point ce qu'arrive ? On a trouvé un squelette dans le Gois en cherchant des palourdes…* ».

« *Fichtre !* ».

« *Enfin un bout de squelette. Car il en manque tout un bout* ».

« *Te vois ben que Nina a raison quand qu'elle dit qu'les palourdes a-z-ont des dents !* ».

« *Ben les palourdes, pas la peine de les faire cuire avec des lardons, y a déjà eu la viande !* » déclare en rigolant notre ami Ciao.

« *Vous êtes des moins que rien* » tonne Marthe outrée des propos de son homme.

Compte tenu du ton employé, il est clair pour tout le monde qu'un changement de sujet s'impose…

Et d'un seul coup, on a l'impression que nos 3 bonshommes ont la tête ceinte d'une auréole… Oui mesdames et messieurs, des petits saints. Et le Ciré en profite :

« Allez Marthe, j'te dois combien ? J'ai quêques sous-marins… La monnaie du matelot ! ».

Et sur le pas de la porte, le retraité croise le curé de la paroisse.

« Bunjhur [48] m'sieur le tchuré ».

« Mon père comment allez-vous bien ? » demande l'Absinthe.

« Bien, j'ai pu bien dormir et récupérer des nuits agitées précédentes ».

« Attention v'là t'y pas qu'le père Shéhérazade a des nuits mouvementées ! Et avec qui, j'voudrais bien le savoère ! » jette le Ciré en refermant la porte, content de sa sottise.

Le curé hausse les épaules et demande un café à la maîtresse de maison. Ciao revenant de la cave à l'instant demande :

« Vous êtes au courant m'sieur le curé ? ».

« Ben de quoi ? ».

« Du macchabée trouvé dans le sable du Gois pardi ».

« Hein ? Quoi ? C'est quoi c't'histoire ? » demande ébahi le prêtre à qui l'information n'est pas encore parvenue.

Les bistrotiers ne se font pas prier pour le mettre au courant. Et comme dans beaucoup de cas comme cela, leurs propos sont aussi précis que s'ils avaient eux-mêmes participé à la découverte.

Pensez-donc !

---

[48] Bunjhur = bonjour

« Des gens pas d'ici, ont déterré un cadav'. Un bras qui a encore des bijoux et paraitrait que ça pourrait êt' le corps d'une femme ou d'un homme ».

Ce dernier élément fait quand même sourire le prêtre tant cette précision valait la peine…

Parce que, autre qu'homme ou femme qu'est-ce que cela peut être ?

Enfant alors ?

Sinon animal ?

C'est vrai que cela pourrait être la main d'un gorille, d'un chimpanzé ou d'un orang outan…

Mais avec des bijoux c'est moins sûr !

« *Quel malheur* » dit le curé en se signant.

« *Pour sûr. Les gendarmes enquêtent. Y sont venus ici questionner. D'autant qu'y avait aussi l'enquête sur les papiers espagnols trouvés chez Nina après la tempête* ».

« *Quel malheur…* » et un signe de croix.

« *Paraitrait qu'y a eu un naufrage à Saint Gildas avec la tempête. Un marin qu'aurait disparu. Sûrement celui à qui appartient la carte d'identité trouvée ici* ».

« *Quel grand malheur* » et un signe de croix de plus…

« *On devrait en savoir plus, les gendarmes vont surement faire leur balade dans les parcs ostréicoles dans le cadre de la lutte contre les vols dans les installations. Ils passeront chez nous pour savoir s'il y a des choses à leur raconter* ».

« *Oui alors, c'est un grand malheur* ».

Le silence s'installe, le père curé fermant les yeux, manifestement en train de prier.

Les Chanseau respectent ce moment.

Quand le père Korsakov rouvre les yeux, il se penche sur son café et l'avale d'une traite.

Il repose sa tasse et s'inclinant devant l'Absinthe, il paie et se dirige vers la sortie.

« Je vous souhaite une bonne journée à tous les deux et je vais prier pour ce malheureux. Ah oui, quel malheur ! ».

Tenant son verre, inspectant religieusement le fond, d'un seul coup la Chemise laisse tomber :

« Je me demande si le père curé a des frères et sœurs ».

« Et pourquoi donc ? » demande étonnée l'Absinthe.

« Ben pasque j'aurai bien aimé avoir un frère comme lui ! ».

« En v'là une drôle d'idée ? » interroge Ciao.

« Non, non. Imaginez s'il avait 5 frères et sœurs ? ».

Les patrons du bistrot se disent d'un seul coup qu'il y a une galéjade sous le tapis. Alors attendons que la Chemise le soulève ce tapis.

« Ne dit-on pas que six Russes, c'est six Slaves, et s'y s'lave, c'est qu'y s'nettoie, et si ce n'est toi, c'est donc ton frère ! Et l'Père Igor alors y s'rait mon frangin ! Ce s'rait chouette ! » finit par avouer notre poète local sous les sourires des patrons du bar.

La journée se poursuivra sans fait notable au bar de la marine. Non rien que les allers et venues des habitués, des ouvriers à la fin de leur travail, les marins à la fin de la marée…

Ah bien entendu le squelette du Gois est sur toutes les lèvres. Les suppositions vont bon train. Et elles sont pour le moins très variées.

Il y a d'abord l'idée d'un marin tombé par-dessus bord il y a une quinzaine de jours. Son corps a alors été heurté par l'hélice de son bateau… Et hop un bras d'un côté, un corps de l'autre. On trouvera bien le reste un de ces jours surtout dans un filet ramené par un bateau de pêche de Pornic, de l'Herbaudière ou des ports de Bouin. Cette hypothèse est celle qui recueille le plus de suffrages dans les discussions de pendant et d'après boire !

Il y a, mais ne recueillant qu'une faible partie des suffrages, le cas du gars en automobile qui l'an passé a voulu faire un gymkhana sur le quai et au milieu des pontons du port du Collet, au volant de son bolide décapotable. Il était tombé dans le port en début de marée descendante, au début de la nuit. Quand on avait retiré la voiture de l'eau quelques heures plus tard il n'y avait pas de conducteur.

De mauvaises langues avaient de suite indiqué que le bonhomme bien connu des bars et des jeux avaient organisé sa disparition devant l'accumulation de ses dettes et la demande en divorce de son épouse trompée. D'autres mauvaises langues avaient suggéré que le bonhomme avait été rossé par un mari jaloux et que la trempe avait été si forte que l'on ne savait pas ce qu'il était devenu...

Il y avait bien eu le Mac qui avait défendu une histoire à dormir debout. Oui, pensez-donc, et les journaux locaux en avaient fait leurs choux gras, il y avait eu cette effraction incompréhensible de l'institut médico-légal de Nantes. Un cadavre arrivé du jour même et devant être autopsié le lendemain avait tout simplement disparu ! Oui vous avez bien entendu, disparu !

Paraitrait qu'il s'agissait d'un émigré fiché S et bien connu des services de renseignements. Il avait été retrouvé place Graslin avec un bel orifice au front par lequel la vie mouvementée et dangereuse du gazier s'était brutalement arrêtée et son âme, s'il lui en restait une, envolée...

Il aurait été victime d'un règlement de compte et ses copains n'avaient pas voulu que l'affaire se trouve enrichie avec de nouvelles données bizarres issues de l'autopsie. Ils étaient venu piquer le cadavre.

Et ensuite pour que l'on ne puisse pas le retrouver, ils avaient fait eux-mêmes une belle opération de découpage en menus morceaux dispersés aux quatre coins de la région…

« *À moins que ce soit un gars que la femme a sait pas ouvrir les huitres !* » glisse comme si de rien était le Mac.

« *Pourquoè qu'tu dis ça ?* » s'étonne le Ciré.

« *Sa femme a l'avait demandé à un démonstrateur si son couteau alectrique à ouvrir les huitres l'était facile à utiliser* ».

« *Et ?* ».

« *Mais comme elle était maladroite et pire encore mal à gauche aussi, elle avait fait tenir les huitres par son mari. Et pis v'là l'résultat ! L'est tout coupé en morceaux !* ».

De tout cela il en était ressorti qu'il fallait se boire une nouvelle tournée, car on ne sait jamais ce qui peut nous arriver en sortant du bistrot !

La Chemise tente une sortie guillerette :

« *Moi j'dis qu'c'est pas normal. Oui m'entendez-vous, pas normal du tout ! On voêt quand j'ai bu et pas quand j'ai soueff ! Pas normal !* ».

Mais le Mac voulant avoir le dernier mot dit alors à ses collègues de discussion :

« *Ben vous savez pas ? Hier je suis allé acheter un whisky et j'y suis allé en vélo. Mais avant de repartir je me suis dit que ce serait bête de tomber et fracasser la bouteille. Vous auriez fait quoi hein ?* ».

Tout le monde reste pendu aux lèvres du Mac. Alors il poursuit :

« *Ben moi je l'ai bue en entier avant de repartir. Cré bon diou, j'ai bien fait parce que je suis tombé 7 fois en rentrant chez moi !* ».

Et au milieu de la rigolade, saluant la compagnie, notre homme sort dignement, les jambes exagérément écartées pour mieux s'accrocher au bitume On dira le plus dignement possible, pour ne pas être méchant, compte tenu qu'il a quand même fait le plein du réservoir !

« *À revouère* [49] *la compagnie !* » .

« *Bon dieu, j'espère qu'il ne rentre pas en mobylette. C'est un coup à ce qu'il croise les gendarmes... Y vont lui faire souffler dans le ballon, sicofié* [50] *comme il est !* » se dit Ciao...

En fait il ne croisera pas les militaires.

Ces derniers sont sur les dents.

Avec tout ce qu'ils ont déjà sur leurs bureaux, les gendarmes de Bouin se voient dans l'obligation d'ouvrir un nouveau dossier. La gendarmerie enquête après un second fait divers sanglant.

Un homme agressé dans la rue au centre de L'Époids, a été retrouvé sur le macadam, inconscient et saignant abondamment. Il git devant le bistrot tabac « *Au narval* ». Son agresseur s'est enfui.

Le blessé est au plus mal. Il a perdu beaucoup de sang avec une large plaie au flanc, manifestement occasionnée par une arme blanche.

L'adjudant Bavoir et Colbert sont en ce moment dans le hameau. Le bistrot était fermé au moment de l'agression et donc ils ne peuvent y glaner aucune information.

Les voisins soit n'ont rien entendu, soit devant un crime de sang ne veulent pas déposer, car on sait bien où ça commence, mais pas du tout où cela va s'arrêter...

Et il est clair que ces derniers n'imaginent pas un seul instant être dans l'obligation de déposer au tribunal si l'on

---

[49] À revouère = au revoir
[50] Sicofié (être) = se dit d'une personne qui a trop bu

met la main sur l'auteur et qu'il est jugé. Le silence est une bonne façon d'éviter les désagréments !

C'est un automobiliste de passage qui a découvert le blessé et appelé les secours. Et pas n'importe lequel, un pompier bien connu, Albert Petit, le Palet.

Il avait eu rendez-vous à la chèvrerie de La Bouteille pour chercher un nouveau volontaire, et il rentrait tranquillement chez lui.

Il ne verra personne, il lui semble qu'il n'y a aucun témoin.

Le Palet n'a rien pu tirer du blessé plongé dans le coma. Vite il appelle le Samu et en attendant l'arrivée des gendarmes et des secours il a tenu la main du moribond en ne cessant de lui parler… Il fera sa déclaration le jour même à la gendarmerie.

Quand les secours arrivent, la situation du malheureux est telle que l'on demande l'hélicoptère pour le transporter à l'hôpital. Et devant son état il est transporté au CHU de Nantes.

Ses papiers vont renseigner les militaires démarrant leur enquête. L'homme agressé semble sans histoire, et est bien connu au plan local. Il s'agit de Rabeau Thomas. Il a tenu longuement un hôtel-restaurant à la sortie de Beauvoir, sur la route de La Barre de Monts, le « *Ventre à choux* ».

À l'époque son couple était lié d'amitié avec Bourbon, la mairesse de Bouin. En effet Madeleine Archambault, cet édile, était poissonnière à Bouin et c'était elle qui approvisionnait en marée le restaurant spécialisé en produits de la mer.

Des problèmes de santé pour son épouse ont considérablement hypothéqué leur activité. La mort dans l'âme il va mettre son entreprise en vente et s'installera dans une petite maison du côté des Loges à Chateauneuf.

Il se mettra à écrire et le placement de la vente de son exploitation plus les quelques sous avec ses bouquins feront qu'il accompagnera ainsi sa femme jusqu'au dernier souffle.

Aux obsèques, il avait eu la surprise de constater la présence du couple Retourneau alors que leurs relations étaient pour le moins distendues…

Il faut dire que la Maryse avait dragué le fils Rabeau qui avait quitté son épouse en abandonnant sa famille pour en fin de compte se retrouver rejeter par la Retournée…

Une animosité, connue de tout le monde, avait fait que leurs chemins semblaient être à jamais éloignés l'un de l'autre, jusqu'à ces funérailles…

De fins observateurs avaient noté le geste de rejet du mari endeuillé. Il fera tout pour ne croiser ni leur regard ni leur pas. Il se retournera ostensiblement quand le couple se présentera pour les condoléances. Ils auront toutefois le « bon goût » de ne pas aller saluer le fils de Thomas ni son ex belle-fille et ses enfants présents.

Mais ce Thomas, pour surmonter son chagrin avait de suite entamé un ensemble de contacts qui le mèneront sur Chateauneuf à faire du bénévolat. Il fera les beaux jours du Comité des fêtes, toujours prêt à aider et agir. Il passera des après-midis tranquilles au sein du club de la Manille bridgée, et sera de la même manière un membre actif de l'association des amis des cigognes.

La Miss et Le Bavoir vont d'abord à la source d'informations autour de son domicile. Puis ils interrogent dans le bourg de Chateauneuf. Il ne recueillent rien en attendant de pouvoir questionner le blessé, et encore s'il se tire de ce mauvais pas. La Moule appelle chaque jour le CHU de Nantes pour connaître le sens de l'évolution de la santé de notre bonhomme suriné.

Une bonne nouvelle enfin.

Le blessé commence à sortir du coma. Quelques temps après, les médecins annoncent au major qu'il va pouvoir être interrogé. Le Chef missionne le Juteux et la Miss. Ils vont l'interroger sur son lit d'hôpital.

Il ne sait pas qui a bien pu l'attaquer. Il rentrait d'une rencontre avec un photographe amateur qui cherchait à organiser des séances photos sur les cigognes et le site d'observation de Chateauneuf. Il venait de sortir dans la rue de la Détente et à pieds rejoignait son véhicule sur le parking de la rue du Port.

Il n'a rien vu, et ne peut même pas dire quel était le moyen de locomotion prit par son agresseur pour s'enfuir…En un mot, voilà une affaire où l'on a le blessé, on connait le type d'arme utilisée, le lieu de l'affaire et rien d'autre…

À la brigade, le Chef constate effectivement la pauvreté du dossier et l'absence totale d'indice. Il fait la synthèse de la chose au bureau du procureur…

Et comme il s'en doutait, le proc demande à ce que le dossier soit mis en veille, avec simplement une demande de rapprochement avec tous les futurs faits divers qu'ils auront à constater….

Mais le travail ne manque pas chez nos militaires.

C'est justement le moment où les résultats d'analyse arrivent. L'ADN parle pour les ossements du Gois. Ils appartiennent au saulnier disparu, Jean Pierre.

Et pendant ce temps, les deux Sherlock Holmes en jupons ont commencé leur travail de manière très méticuleuse. Elles ont entamé la visite, si l'on peut dire, de toutes les poubelles installées dans la commune. Et attention, on note, du moins la sœur pique fesses note ce que l'autre a décroché du fond de la poubelle publique… L'une plonge dans les détritus, pendant que l'autre sagement note sans se salir !!

Quand le centre bourg est terminé, il reste à faire le hameau de L'Époids et aussi le Port du Bec.

Le morceau est trop lourd à avaler et les deux femmes plient bagages en fin d'après-midi. Elles se donnent rendez-vous pour le surlendemain en milieu de matinée. Ce sera d'abord le Bec, les poubelles du port et du parking des campings cars, puis au retour le centre du hameau.

C'est l'infirmière qui pilotera, Marceline n'ayant jamais passé son permis de conduire. À quoi cela lui aurait servi, elle qui faisait tout en vélo et ne sortait guère des limites de la commune ?

L'encre empoisonnée du corbeau

Le Port du Bec en émoi. Juste au moment où nos deux enquêtrices des poubelles se préparaient à leur seconde journée d'enquête minutieuse ! Une lettre anonyme a été glissée dans la boite aux lettres du magasin de Nina !

Quand elle ouvre son courrier, elle le fait tout en discutant avec Marceline venue chercher sa petite douzaine hebdomadaire avant d'entamer son enquête du jour.

Un petit tour en vélo de bon matin, le juste papotage qu'il faut pour se mettre en voix, l'achat des coquillages, c'est une façon de commencer sa journée du bon pied pour notre Marceline nationale. Et là, la vieille est mise en alerte quand elle voit la commerçante pâlir et laisser tomber :

« Quelle horreur ».

« Qu'y a-t-il ma bonne Nina ? ».

« Tenez, lisez ».

Marceline chausse ses lunettes tirées de la poche de sa blouse et suffoque en lisant :

« Cherchez

Pont noir

Cadavre »

Nina prend immédiatement le téléphone, pendant que Marceline s'en retourne chez elle façon vainqueur de l'étape contre la montre du Tour de France…

Elle est pas peu fière d'être la seule, et avant la gendarmerie, à connaître la chose. Elle va pouvoir se faire mousser auprès de toutes les personnes croisées sur son chemin. Et comme cela ne suffit pas, elle passe à la maison de retraite avant de rentrer dans ses pénates… Et effectivement, elle a du succès auprès des résidents. Sœur Marie Clémence quant à elle se signe et semble désemparée :

« *Mon Dieu ! Les hommes sont fous !* ».

Le père Calixte n'aura qu'un mot avant de replonger dans son sommeil pré-apéritif :

« *Un cadav' ? C'est comme la mer, quand on y entre c'est froid mais au bout d'un moment on s'habitue !* »…

« *Spèce de goujat* » répondra sans être entendue notre Marceline…

« *Chère Marie Clémence, je pense qu'il va falloir qu'on aille toutes les deux faire un tour là-bas. Les gendarmes y trouveront rien !* ».

« *D'accord Marceline, cet après-midi après le goûter à la résidence* ».

Les gendarmes entre temps se sont précipités chez Nina. Le juteux et la Miss sont encore en première ligne.

Avec le plus grand soin on examine la missive. Les militaires ont pris toutes les précautions possibles, enfilé leur gants en latex et glissé le papier délicatement dans un sac à analyse… un papier déjà souillé par Nina mais aussi par son mari et Marceline, pour le moins ! Ils mettent sous enveloppe le document et saluent.

Direction le bar, juste pour tester l'ambiance et savoir si un tel mot obtient une réaction. Le Mac et le Ciré bien vite les rejoignent. Mais les gendarmes ont déjà eu le temps de tester Ciao sur le texte trouvé chez Nina.

Et voilà tout le monde au courant. Ils veulent voir l'objet et on ne peut que leur décrire. D'autant que la quantité de texte de la lettre du corbeau permet sans souci de se rappeler de la chose :

« *Cherchez, Pont Noir, Cadavre !* ».

Alors pendant que les enquêteurs prennent un petit jus, tout le monde y va de son explication de texte.

Le Pont Noir est au lieu-dit de la Pointe aux Herbes dans la commune de Beauvoir. Il est à l'embouchure de l'étier venant de Sallertaine.

C'est un port à l'abandon, même s'il y a quelques bateaux encore accrochés aux restes de pontons.

Un pont en bois, bien ancien, permet de passer d'un bord à l'autre.

Ce pont en bois recouvert de goudron fut longtemps à l'abandon et interdit à la circulation. Il fut retapé pour les promeneurs à partir de 2004.

C'est un endroit aujourd'hui exclusivement consacré à la pêche et particulièrement à la ligne depuis les rives.

Les terres autour sont en friche.

Alors le Mac émet son idée :

« *Un cadavre au Pont Noir, c'est un gazier qui faisait de la contrebande et qui a été occis après avoir amarré son bateau. La came est partie depuis belle lurette. Et si le gars a été balancé dans l'eau, il doit être dans la vase et c'est pas demain la veille qu'on le r'trouvera !* ».

Ce à quoi l'Absinthe rétorque :

« *L'Mac, vous voyez le mal partout. Ici y a pas pu de contrebande qu'ailleurs. C'est surement pas çà* ».

« *Moi j'penche pour plusieurs cadavres !* » dit le Ciré.

« *Hein ? Et pourquoi ?* » demande Ciao.

« *Ben j'me souviens qu'la dernière fois que j'suis été là à la pêche, eh ben y avait plein de cadavres !* », et ajoutant aussitôt devant le haussement d'épaules du Mac « *oui, oui plein de cadavres de canettes de bières abandonnées par les pêcheurs !* ».

« *Ben voilà qui fait avancer notre enquête. Allez, à la revoyure, on va faire un tour sur place* » annonce la Miss qui clôt les errements de la fine fleur vendéenne ici présente.

Sur place, ils inspectent le long de l'étier, dans les friches tout autour, inspectent les deux rafiots accrochés à leurs amarres, puis sous le pont...

Rien !

Le juteux décide de rentrer à la caserne. Pour deux raisons aussi importantes l'une que l'autre ! La première c'est qu'il faut rendre compte au chef. La seconde, bien simplement, c'est l'heure de déjeuner, et ceci est sacré... D'autant qu'aujourd'hui sa femme a préparé une bignaïe [51], un de ses plats préférés !

Le Chef se dit que faire une enquête sur une lettre anonyme qui parle de cadavre dans un endroit où il n'y en a pas, cela mérite non pas le panier, mais le classement en attendant !

Dans l'après-midi, Marie Clémence emmène Marceline dans sa dodoche. Elles arrivent au Pont Noir. Elles inspectent, fouinent sur les bords, ratissent les abords en examinant les herbes et petits bosquets. Elles font le même constat que les gendarmes.

Mais bien vite, Marceline est obligée de faire une pause.

« *Faudrait poué vieuzir* [52] ».

Elle s'assoit le long de l'étier, les jambes pendantes.

« *Vais m'faire gralaïe*[53] *!* » en relevant discrètement sa robe.

---

[51] Bignaïe = plat local comme un pancake, fait avec du jambon de Vendée.
[52] Faudrait poué vieuzir = il ne faudrait pas vieillir
[53] Gralaïe (se faire) = se faire bronzer

Marie Clémence en profite pour aller voir les deux bateaux amarrés. Rien non plus. Quand elle rejoint son acolyte d'enquête, Marceline d'un seul coup se met à crier :

« *Bon sang de bon sang de bon Dieu !* ».

« *?* ».

« *Excusez-moi Marie Clémence, je n'ai pas voulu vous offenser. Mais je viens d'avoir une idée* » ajoute-t-elle pendant que sœur pique-fesses se signe.

« *Faut qu'on aille plus loin* ».

Et elle prend le temps d'expliquer à la bonne sœur ce à quoi elle a pensé.

« *C'est un peu plus loin. On longe l'étier vers l'embouchure. Il y a un chemin qui mène d'un côté aux Rouches et de l'autre à la Noue Fromagette. Mpff...* »

« *Ouaïe, avant l'embranchement, il y avait dans le temps une cabane isolée sur la gauche, planquée dans les herbes et les tamaris. On ne la voyait pas du chemin* ».

« *Ma bonne Marceline, vous pensez qu'elle existe toujours ?* ».

« *Une seule façon de savoir : y aller* ».

« *Mais vous êtes déjà bien fatiguée ma pauvre* ».

« *Le chemin est carrossable. Après on aura quêques dizaines de mètres dans les herbes* ».

« *Mais comment vous connaissez l'endroit ma chère ?* » demande Marie Clémence tout en aidant Marceline à se remettre sur pieds.

« *Ô ma bonne, des souvenirs de jeunesse... Je vais vous avouer que c'est un endroit où je suis venue maraichiner quand j'étais jeune. J'devais ben avoir vingt ans. C'était avec le fils du maire de l'époque et on venait en vélo... D'ailleurs on les planquait derrière la cabane pour pas se faire repérer* ».

Et voilà notre Marceline toute chose à l'évocation de ces moments de jeunesse, de ces instants fripons... Et cela fait sourire la bonne sœur pendant que les deux femmes reviennent à la voiture.

« *Vous allez m'indiquer où je dois m'arrêter* ».

« *Oui, oui, je vous guide, mais faut pas aller trop vite, faut qu'je me rappelle !* ».

Au bout d'une centaine de mètres, Marceline propose de s'arrêter. Elle est essoufflée par la marche précédente tout autant que par les souvenirs...

« *Ô me semble ben êt'là... Mais les souvenirs sont si vieux... Y avait ine [54] routin. Pff. R'gardez-donc si l'est pas par-là ?* »

La conductrice stoppe son véhicule, s'empresse de serrer son frein à main et va examiner les broussailles.

Il y a bien effectivement un passage dans la friche. Et voilà sœur Pique-fesses prenant soin de sa robe pour ne pas l'accrocher avant d'entrer dans le passage. Elle disparait bientôt à la vue de sa vieille amie. Il ne faut pas plus d'une minute pour qu'elle réapparaisse.

« *Ma bonne Marceline, il y a bien une bâtisse. Toute en bois. Mais Dieu qu'elle est en mauvais état. Il faut même se demander si elle ne va pas s'effondrer si on tente d'y entrer* ».

Et voilà du sérieux pour redonner de la vigueur à la vieille !

Elle sort, on pourrait même dire, elle saute, de la voiture et à son tour rentre dans les buissons, suivie de la bonne sœur. Le passage est caillouteux, piégeux avec des trous et des bosses, envahi d'herbes et même d'un roncier à un endroit. Mais voilà nos deux femmes arrivant devant « la chose ».

Oh que oui, elle est dans un drôle d'état ! Une rapide inspection. La porte est entre-baillée.

---

[54] Ine = un (ine routin = un routin, un sentier)

Un coup d'œil de Marceline ne donne aucune information.

« *Fait noir là-dedans ! Et pis on peut à peine y passer un œil* ».

Sœur Marie Clémence tente de tirer la porte. Les herbes bloquent tout. Et puis elle ne veut pas forcer, car la vétusté du chambranle ne lui inspire guère d'optimisme… Doucement, elle tire, doucement elle repousse, doucement elle tire, et petit à petit l'entrée se fait de plus en plus large.

Marceline décrète que c'est suffisant et elle entre. La sœur la suit.

Une terre battue. Plein de détritus. Du bois cassé. Rien de suspendu aux murs. Elles avancent et la vieille pousse un cri :

« *Doux Jésus ! C'est pas croyab'* » crie-t-elle en se signant.

La sœur de son côté joint les mains puis se signe. Dans un coin de la cabane, sur des branchages, une chose les effraie. Deux orbites et une mâchoire ouverte leur font face. Un crâne décharné les regarde !

Alors branle-bas de combat !

Dare-dare, elles referment l'ouverture sans particulièrement se soucier de la vétusté de la bicoque, retournent à la voiture et vont, sans un mot échangé, rouler rapidement jusqu'à la gendarmerie de Bouin. Elles déboulent comme deux furies, et parlent en même temps…

C'est la Miss qui est à l'accueil.

« *On a mpff… été mpff… manque d'air…* ».

« *Mon Dieu Marie Joseph… Mpff* ».

« *Ouaïe, mpff, même pas caché…* ».

« *Pont Noir. J'avais raison, mpff…* ».

Elle ne comprend rien à ce charabia.

« *Mesdames, calmez-vous. Expliquez-moi.* »

Puis voyant que Marceline ne tient plus guère sur ses jambes :

« *Madame Surimeau asseyez-vous là. Je vais vous chercher un verre d'eau à chacune* ».

Cet instant permet aux deux femmes de reprendre leur souffle et de se calmer. Quand la Miss revient avec la boisson, elles se désaltèrent et peuvent maintenant tranquillement faire état de leur constat. De suite elles parlent du crâne trouvé dans la cabane…

Et là, la gendarmerie qui ronronnait se met à ressembler à une ruche. La Miss appelle le Juteux. Mis au courant celui-ci va heurter la porte du chef pour l'informer. Bien vite nos deux femmes assises dans le hall d'accueil se trouvent entourées par 3 militaires puis un quatrième quand Colbert a été attiré par le bruit inhabituel.

Voilà donc ce que voulait dire la lettre anonyme !

Oui mais le Pont Noir est sur la commune de Beauvoir. Alors dans un premier temps il faut avertir la brigade voisine. Il est convenu de se retrouver sur place. Le Juteux et Bavoir vont y retrouver les collègues belvérins Remond (L'Arsène comme on dit ici) et Riri, Mineau le Juteux.

Ils trouvent la cabane en scrutant les éventuels passages dans les herbes. Bavoir ouvre la porte et les 4 militaires constatent la présence de ce crâne posé sur un fagot. Riri ressort pour appeler un légiste. Ils inspectent alentour, mais ne trouvent rien. Quand le légiste arrive, il n'y a rien de spécial à constater. Il s'agit d'une tête sans blessure ni sur le crâne ni sur les mâchoires. Il n'y a aucune trace à la base qui pourrait orienter vers un outil ou un autre ayant servi à sectionner le cou…

Alors application des consignes adaptées à ce cas particulier. La tête est précautionneusement ensachée pour plus de contrôles par le légiste dans son institut, puis la porte est refermée et une scellée est apposée sur le ventail…

De retour dans les gendarmeries respectives, il faut faire le compte rendu. Le major Dubout appelle le bureau du procureur de la République… La machine judiciaire s'empare de la chose. Recherches dans les disparitions inexpliquées, pression sur le légiste pour connaitre les résultats au plus vite et particulièrement de la dentition. Cela va permettre de lancer des réquisitions dans les cabinets dentaires du pays…

Les deux chefs de brigade se mettent d'accord sur le fait que c'est la brigade de Bouin qui va officier selon la proposition du procureur. Celle de Beauvoir sera là au cas où il faudrait une assistance.

Le soir même, nos amis gendarmes de Bouin sont déjà passés à autre chose. Oui, et on peut même dire que la brigade est en surrégime. Pensez-donc, dans l'après-midi le père Korsakov a trouvé une enveloppe sur un banc de son église.

Dans un premier temps il va la jeter au panier, puis compte tenu des évènements nombreux frappant le village ces derniers temps, il l'ouvre….

Immédiatement il la referme et se précipite sur sa barrette, puis sa dodoche et le voilà pétaradant en route pour la gendarmerie.

Et en fin d'après-midi alors que la pression est redescendue chez les militaires, il entre et dépose son papier sur la banque d'accueil.

Colbert est de faction. C'est lui qui reçoit les premiers commentaires du prêtre… Il ouvre l'enveloppe et de suite la repose.

Il appelle le major et passe des gants. Elle a sûrement déjà été fortement manipulée cette enveloppe et pour ce qui concerne les traces papillaires, il doit y avoir en grande quantité celle du curé et maintenant celle du gendarme…

Le major se penche au-dessus de l'épaule de son subordonné.

Ensemble, ils peuvent lire…

Du rififi dans les parcs

D'abord, c'est un texte écrit. Avec un feutre noir épais. En majuscules, obliques en arrière…

Et la prose est effrayante tant elle comporte de vilenies et de venin… Quoique dans une enquête on voit de tout, alors les gendarmes sont moins choqués qu'un lecteur lambda et à fortiori que le curé …

« *Le Palud vicieux a les mains baladeuses, tripote et agresse* ».

« *Le Palud est méchant. Il torture les bêtes, il bat sa femme* ».

« *Le Palud a fait mourir son patron* ».

« *Le Palud a agressé son employé* ».

Entre chaque phrase énoncée, le père Shéhérazade s'est signé, abasourdi par de tels propos. Jamais il n' a entendu de telles choses soit au confessionnal soit colportées par la rumeur du village…

Le procureur est informé par le chef de brigade de ce nouvel évènement…

« *Mais Major, c'est devenu Chicago votre village ? C'est Pulp fiction bon sang de bon sang ! Arrêtez les caméras que diantre !!* ».

« *Non, non M'sieur le procureur, c'est Marô-trucideurs, un remake local de american gangsters, voilà tout !* ».

« *Bon faut retravailler la chose. Vous allez en priorité enquêter dans le voisinage et n'ayez pas peur de remuer un peu tout cela !* ».

À peine le combiné reposé, l'information redescend la hiérarchie. Quand le point est fait entre le Juteux et sa troupe, il faut bien se rendre à l'évidence que le travail demandé a déjà été fait ! Alors il faut refaire… Autrement…

« *Colbert et la Miss, vous allez prendre ça en main. D'abord on va voir du côté du marché, car on est jeudi et vous devez trouver des choses. Je suis sûr que les commerçants en savent plus que nous* ».

« *Faut les secouer et faut que ça tombe. Et pensez à aller voir du côté des bistrots quand ils font la pause ou quand ils lèvent le camp !* ».

« *Bien mon adjudant* » répond elle, s'exprimant au nom des deux.

Celui-ci poursuit :

« *La Moule, vous venez avec moi. On va faire un tour du côté du port. Faut qu'on passe tous les marins au grill et sans oublier les ouvriers du chantier. On passera chez Nina et on finira chez Ciao* ».

« *Prochain point ce soir 18h30, et hop* » dit le Juteux en attrapant son couvre-chef.

Les premiers à démarrer partent effectivement vers le marché. C'est un petit ensemble d'étals sous la petite halle couverte et dans la rue derrière l'église.

Sur la grand place, il y a deux bistrots dont un moins fréquenté car un peu en décrépitude. À l'angle de la rue des halles, il y a le Belvérin. Dans la rue qui mène au rond-point du Gois, il y en a un autre mais qui est moins fréquenté en ces jeudis car plus éloigné du marché.

La Miss propose de commencer par ce dernier. Peine perdue. Ensuite balade sur la Grand Place, mais sans résultat. Au Belvérin, enfin une petite chose à se mettre sous la dent.

« *Moi, j' chercherais plutôt du côté de la dame. Moi j'ai ben rien entendu sur le Palud, mais sur la dame, ô l'est point pareil ! J'vous dit, y en a des ragots. Allez donc me dire pourquoi on lui a donné un surnom ici au marché ?* ».

« *Lequel ?* ».

« *Vous ne saviez pas ? Le Palud on l'appelle aussi le bosseur. Sa femme, la femme Retourneau on l'appelle la Retournée ! Pas la peine de vous faire un dessin ?* ».

« *Oui, effectivement* » acquiesce Colbert qui demande alors :

« *Et savez-vous quelle histoire il y a eu avec l'employé qui a été viré de la saline il y a quelques temps ?* ».

« *Ben le Palud, l'a bien fait, j'vous le dis ! Un moins que rien, et il se dit ici ou là qu'il piquait dans la caisse. Et pour ne pas accabler le père du gars bien connu dans la commune, le Palud a décidé de ne pas porter plainte* ».

Le fils d'un adjoint au maire… Au passage les militaires prennent les coordonnées de l'ancien employé des Bertomiaux et se dirigent vers le marché. À la boulangerie, rien à signaler. Au stand de la charcuterie, c'est le patron qui est là.

« *Alors M'sieur Dufaux, le porc se vend bien ce matin ?* ».

« *Pas plus aujourd'hui qu'hier… Et j'espère moins que demain* » répond notre homme moustachu hilare…

« *On peut vous demander des renseignements discrètement ?* ».

Il descend de son camion et la Miss l'interroge sans que des oreilles indiscrètes viennent trop près.

« *On enquête sur Monsieur Retourneau. Il est accusé d'attouchements et agression* » glisse doucement la gendarme.

« *Mais vous rigolez nom de Dieu* » s'exclame le commerçant.

« *Non, non, et on l'accuse aussi d'avoir fait subir des violences à son épouse, à son employé et même à son ancien patron* ».

Les gendarmes n'ont guère besoin d'attendre la réponse du charcutier, il leur suffit de voir son visage. Il écarquille des yeux, reste la bouche ouverte, et semble totalement sidéré par ce que l'on vient de dire !

« *Y a quêque chose qui va pas quelque part ! Vous vous rendez-compte de ce que vous dites ?* ».

Il enchaine :

« *Le patron est mort de sa belle mort et à la retraite alors que la saline était déjà vendue à Jean Pierre* ».

« *L'employé était bien connu de nous tous comme étant un petit voyou, alors il a bien fait de le virer, même s'il l'a fait un peu trop tard !* ».

« *Sa femme je n'ose même pas vous dire ce que j'en pense de cette donzelle insatiable !* ».

« *Non, non, à la gendarmerie on vous raconte des salades* ».

Le reste de l'échange sera bien simplement la confirmation des premières dires du sieur Dufaux : la gendarmerie divague ! En passant à la fromagère, ils s'attendent à un avis plus féministe. Et comme le stand est vide de client, ils attaquent aussitôt.

« *Bonjour M'dame Collet, le marché se déroule bien ?* » commence Colbert.

« *Oui, tout va bien* ».

« *Dis-moi Andrée* » demande la Miss qui suit avec elle des cours de yoga, « *oui dis-moi, on enquête sur Monsieur Retourneau, tu sais le gars de Bertomiaux. On l'accuse, de violences, d'agressions, d'attouchements* ».

« *Hein ? Je n'en crois pas un mot. Et je n'ai jamais rien entendu de plus énorme !* ».

« *Vous rejetez ces accusations ? Que pouvez-vous nous dire sur le bonhomme alors ?* ».

« *Que le Palud, il en faudrait ben plus de gars comme ça !* ».

« *Travailleur, poli, agréable, serviable... Et toujours les mains dans les poches je te dis !* ».

« *Non ma chère Marianne, à la brigade vous faites totalement fausse route* ».

« *Et sur sa femme ?* ».

« *Oh alors là c'est tout autre chose... Il y aurait tant à dire. Mais je ne peux rien affirmer car je n'ai pas été témoin de quoi que ce soit* ».

« *Juste pour que je comprenne ?* ».

« *Y se dit quand même que y a pas mal de gars à virouner* [55] *auprès de la drôlesse* [56]*!* »

« *Et quoi d'autre ?* ».

« *Rien, mais demandez donc au Toine, le poissonnier* ».

Le Toine en question c'est Marionneau Antoine. Il ne tient pas une boutique mais s'est spécialisé en vendeur ambulant sur les marchés. Et le jeudi matin il est bien entendu à Beauvoir.

Colbert attend une accalmie dans la vente pour questionner.

« *Bien le bonjour m'sieur Marionneau. Dites, on fait une enquête sur la famille Retourneau* ».

---

[55] Virouner = tourner autour
[56] Drôlesse = la fille, la minette, la jeunette

« *Oui, bonjour. Et que voulez-vous savouère ?* ».

« *Ben un peu votre sentiment sur l'homme et sur sa femme, sur leur couple, enfin tout ce qui pourrait être utile à notre enquête…* ».

« *J'vais vous dire. Le Palud l'en a avalé des couleuv'. Un gars bosseur, sympa, amoureux de sa femme* ».

« *Elle amoureuse mais insatisfaite. Alors elle cherche à mettre du piment dans des journées qui lui semblent trop ternes* ».

« *Vous voulez dire quoi ?* » demande la Miss.

« *De base, son tempérament est chaud, et elle en a fait tourner des têtes, sans pour cela que les choses se concluent à l'horizontale. Mais en fait il y a bien des rumeurs* ».

« *Et lesquelles m'sieur Marionneau ?* ».

« *Paraitrait que le couple n'aille pas si fort. Le Palud aurait demandé à sa belle d'être un peu plus fidèle tout simplement et ils se sont engueulés* ».

« *Comment vous savez ça ?* ».

« *Tout simplement, j'avais besoin de sel. J'suis passé un matin à Bertomiaux. Ils ne m'avaient pas vu arriver. Je les ai entendu se frictionner. Le ton était rude moi je vous le dit !* ».

« *Et qu'est-ce que vous avez entendu de particulier ?* ».

« *Oh, ben simplement que le Jean Pierre il lui reprochait de courir la campagne avec le Vasou ! Mais bon, moi j'sais pas de quoi y retourne !* ».

Tient l'ostréiculteur à qui on a détérioré les parcs ! Nos braves bidasses enregistrent, mais en fait n'auront guère d'informations supplémentaires à glaner. Cette première équipe rentre au bercail.

L'autre a sillonné le port et les ateliers. Alors il est un lieu où ils pourraient peut-être en savoir plus. Oui, au bar de la Marine !

Car c'est l'endroit où tout se sait. D'ailleurs, il y a déjà eu la venue des premiers journalistes ou correspondants de journaux. Quand l'actualité politique et les faits divers sont en roue libre, une succulente série de méfaits dans un pays bien tranquille, voilà de quoi aiguiser les crayons et alimenter les micros. Et puis, y a pas que les villes qui ont le bénéfice des faits divers, le pays des bouseux aussi !

Le représentant de Ouest France est venu tester la température du village et le plaisir d'un petit noir brassé avec les ragots des présents. Rien de neuf pense-t-il quand il décide de faire un tour auprès des chantiers où sa quête sera infructueuse.

Par contre, quand la télévision régionale s'est présentée au bar de la Marine, ce fut un grand moment. L'équipe de Nantes avait été chargée du reportage. Un petite minette toute jeunette, sapée comme pour une soirée mondaine chez Castel, maquillée à l'extrême, Sonia Lequellec a pour mission d'interroger.

Deux hommes l'accompagnent, mais ils ne vont guère intéresser nos vaillants buveurs de la Marine… Un preneur de son du même âge la suit pas à pas. Il est un poil rasta sur les bords, avec un pull ayant fait la guerre et peut-être même pas la dernière quand on constate le nombre de trous un peu partout, un jean troué à un genou, et au-dessus d'une barbe encore peu vaillante il a le clope au coin du bec.

Quant au caméraman, il en a tellement vu dans son œilleton qu'il est là se déplaçant comme sur un hydroglisseur, calme, et prêt à tirer sur tout ce qui bouge.

Et sur place, c'est d'un seul coup l'effervescence. Tout le monde veut donner un avis pensant ainsi être sur le reportage à la TV du soir… Tout le monde, non, car le Ciré et la Chemise se sont mis sur leur réserve, attendant leur heure.

La jeune journaliste interroge Ciao, Paupiette et l'Absinthe.

« *Est-ce que ça arrive souvent que l'on trouve des cadavres dans la baie comme cela ?* ».

« *Bah ? j'pense bien !* » répond de suite Ciao sérieux comme un pape.

« *C'est vrai, il y en a beaucoup ?* ».

« *Badame ? Y a qu'à aller voir au Passage. Vous vous baissez et pis vous voyez, y a que des cadav'* ».

Sa femme profite de l'air éberlué de la fille pour compléter :

« *Pas que, on trouve aussi des vivants enterrés dans le sable* ».

« *Comment ?* » s'étouffe la fille.

« *Moi y m'est arrivé d'en ramasser une pieine berouette l'aut'foè* » complète Paupiette.

« *Mais de quoi vous parlez, je ne comprends pas tout ?* ».

La pauvre fille lance un regard ahuri vers son cadreur. Sans réponse, elle se dit que l'affaire va être longue et qu'elle va être bien seule face à ces ostrogoths. Alors elle prend une chaise et s'installe. Ciao qui n'en perd pas un instant propose une boisson. Ce sera 3 verres de Perrier.

« *Oui Monsieur, vous me parlez de quels cadavres ?* ».

« *Ben vous me demandez si on trouve souvent des cadavres au Gois et je vous répond qu'il y a ceux de tous ces coquillages* ».

« *Ben je ne parlais pas de ceux-là* » et on voit que cela devient difficile pour elle de suivre ces joyeux lurons.

« *Bon... Et vous madame vous me parlez de vivants enterrés. C'est quoi cette histoire ?* ».

« *Ben, y en a plein d'enterrés bien vivants. C'est eux qu'on va pêcher. C'est bon vous savez une omelette aux palourdes par exemple*… ».

« *Oui d'accord, les coquillages vivants*… ».

« *Quant à vous, vous me parlez de berouette. Je pense que cela veut dire brouette en bon français ?* ».

C'en est trop se dit alors le Ciré. Il faut lui montrer que l'on est peut-être moins cons que les citadins.

« *Ben y a quêque temps on y a même perdu l'inventeur du compte à la douzaine* ».

« *Ah bon ? Mais on n'en a pas parlé ?* ».

« *Mais vous savez madame, à Nantes on ne s'intéresse guère aux choses de la vie, encore moins aux esprits intelligents vivant comme nous très loin de la place Graslin. Nous les bouseux, on peut crever la gueule ouverte, an'intéresse personne !* » et maintenant qu'il a la parole, il poursuit.

« *D'ailleurs savez-vous pourquoi on compte les huitres à la douzaine ? Et savez-vous aussi pourquoi on leur donne un numéro ?* ».

Il suscite l'intérêt de la jeune femme.

« *Pour les numéros, vous savez quand on achète les huitres N°3 ou N° 2, c'est un certain Bitard qu'eut l'idée. C'est le premier qui s'est installé dans la baie pour créer le premier parc* ».

« *Ah oui !* »

« *On prend les huitres dans la main gauche. Celles qui ne tiennent pas c'est le numéro zéro. Et ensuite on leur donne le numéro correspondant au nombre qui peut tenir* ».

« *Ah mais c'est intéressant, mais quel rapport avec le mort du compte à la douzaine ?* ».

Dans la salle, tout le monde reste sérieux. Ils savent que le meilleur est à venir, même si déjà le coup du monsieur Bitard est en soi une belle trouvaille.

« *Ben c'est l'arrière-petit-fils de m'sieur Bitard* ».

« *Il faut d'abord qu'je vous dise qu'il s'était estropié étant jeune, la première fois où il a voulu ouvrir des huitres. Un dérapage, un accident, le couteau évite le poignet mais lui entre dans le pouce, juste à la base. A l'hôpital on fait tout pour le lui sauver, mais bon il faut l'amputer. Pauv' gamin, l'était encore à la primaire* ».

La salle retient son souffle. Elle sait que le dénouement est proche et chacun peut se délecter du regard grands yeux ouverts de la Sonia…

« *Ben et pour apprendre à compter, il s'est créé une technique. Compter les phalanges de ses doigts intacts. Et comme il en a 12, il utilisait sa méthode en priorité pour les huitres* ».

Éberluée la journaleux n'en revient pas et constate qu'effectivement elle a bien 12 phalanges en dehors du pouce et que cela peut remplacer le boulier chinois !

La Chemise jusqu'alors silencieux, se dit que l'estocade est pour lui et pour maintenant.

« *Et il a appliqué ça aussi aux œufs de poules. Mais bon on ne vend pas toujours par douze ! Quêques fois c'est par six* ».

« *Mais savez-vous pourquoè par six ?* ».

« *Non, je ne vois pas cher monsieur* ».

« *Ben c'est normal par six, vu que les poules a l'pondent point le dimanche* ».

Et là, d'un seul coup, tous les habitués se mettent à rire. La belle Sonia, comprend alors que l'on s'est moqué d'elle depuis le début. Elle se lève brutalement, et suivie de ses deux acolytes elle se dirige vers la sortie non sans avoir jeté un peu de son pâle venin :

« *Pauv'cons !* ».

Elle n'apprécia guère et trouva en plus ce lieu fort aviné et mal fréquenté, et sûrement pas utilisable pour un reportage sur une sérieuse affaire de disparition, meurtres, agressions…

Quand ils sont rentrés par le centre du village, il y avait des personnes sous les arbres de la maison de retraite. Voilà une source intéressante : que pensent les anciens de cette période où l'on tue et vole pour rien…

Le premier homme rencontré était tout souriant, prêt à répondre aux questions devant ce micro qui ne semblait pas l'impressionner.

« *Bonjour Monsieur. Dites-moi, que pensez-vous des évènements ?* ».

« *Bunhjur ? J'cré ben qu'le gouvern'ment nous prend pour des cons !* ».

Se disant que notre homme est dur de la feuille, la question est réitérée mais avec moult décibels en plus…

« *Pas le gouvernement, les é-vè-ne-ments ?* ».

« *Ben pour sûr, le monde est bouleversé et maintenant y a qu'le cul ! C'est pas comme dans mon temps, il y…* »

« *Merci beaucoup, on va aller voir dans les bureaux* » permettant ainsi à notre télévision de se tirer d'un mauvais pas qui est celui d'interviewer quelqu'un qui n'entend pas les questions.

Les vieux furent surpris et cela les laissa cois. Il y a bien la doyenne qui en serrant les mâchoires sur son dentier fugueur voulait leur donner une information.

« *L'jour d'la disparition du Palud, ben y avait quêque chose. Ine grande cheneuille* [57] *l'est passé plus d'une foè*

---

[57] Ine grande cheneuille = un homme de grande taille

devant la maison. *L'avait ine grand chapiâ* [58]. *Le r'gardait partout soit pasqu'il voulait pas êt' vu, soit pour aller en maraude* [59] *ma foè* ».

« *L'avez-vous revu un autre jour ?* ».

« *Ben non. Pis j'suis pas terjous à ma f'nêtre* ».

« *Merci Madame, vous nous avez été précieuse. On note...* ».

La direction de l'établissement annonça être sur la réserve. Sœur Pique-fesses fut la seule à répondre :

« *Je trouve mon Dieu, que le monde est devenu fou. Oui nous avons à déplorer divers méfaits sur la commune avec des mises en scène qui à mon avis ne sont là que pour induire les enquêteurs sur une fausse piste. Il me faut prier pour ces gens dont les familles sont dans le malheur...* ».

Sentant le propos dériver vers trop de religion, la fonctionnaire gauchisante remercie et s'éclipse. On ne va pas mettre en avant les idées de la droite réactionnaire quand même sur la télévision française ! Et que diraient les syndicats ?

Le journaliste d'Alouette a suivi de quelques heures, mais n'a rien trouvé d'intéressant au Port du Bec et est surtout arrivé après le départ du Ciré si fier de son exploit... Il s'est ensuite dirigé vers le centre du village, cueillant ici ou là ce qui lui semble le plus croustillant. Mais tout cela ne le mène pas loin...

Il est temps de retrouver la maréchaussée au bar de la Marine. C'est là que les gendarmes trouvent la confirmation de leur indice.

« *Bonjour la compagnie* ».

---

[58] Chapiâ = chapeau
[59] Aller en maraude = être en quête de profit ou de mauvais coup

« *Bonjour messieurs* » rétorque Ciao, suivi de près par la Chemise déjà bien installé devant son ballon. Le patron ajoute la phrase traditionnelle :

« *Vous prendrez bien quelque chose ? »*.

« *Non merci, on est en service. On fait une enquête sur les Retourneau, suite à une lettre anonyme qui a été reçue* ».

Au bruit, l'Absinthe sort de sa cuisine.

Et voilà le Ciré qui revient au même moment. Il avait observé pour ne pas rater la venue d'un autre journaleux, car cela faisait du mouvement et puis on pouvait rigoler…

Mais avec les bleus c'était autre chose : on pouvait glaner un petit ragot, une petite info…

Voilà du monde pour répondre aux questions des enquêteurs !

« *Comment cela une lettre anonyme ? »* s'enquiert Ciao.

Le Ciré tombant des nues s'exclame à son tour :

« *De quoi qu'vous causez ? »*.

La Moule commence la réponse pendant que le Juteux épie les réactions de l'auditoire.

« *Oui. On a une lettre qui fait état de violences de la part de Jean Pierre Retourneau, de même que d'attouchements et violences sexuelles* ».

« *Hein ? Vous rigolez, y a pas pu doux et gentil que le Palud ! »*.

« *Si, si, attouchements, violences sur sa femme, sur son ancien patron et sur son ouvrier* ».

« *Mais bond'là de bond là ! Que des menteries* [60] *moi j'dis* » s'égosille la maitresse de maison.

_____

[60] Menterie = fausse information assurée comme exacte par celui qui l'énonce… En « bon » français d'aujourd'hui, on dirait fake news

La Chemise, pour une fois sérieux comme un pape ajoute à son tour :

« *Messieurs les gendarmes. Je n'sais d'où vous tenez çà, mais sans vous offenser j'dirais que vous divaguez complètement. Le Palud, un bon bougre, trop gentil et pis c'est tout. Les attouchements, on voit que vous connaissiez pas le gars* ».

« *Ah bon ? *».

« *Le se serait cousu les mains dans les poches putôt que de peloter une gamine, j'vous le dit. J'ajoute que les violences sur son patron, j'en crois pas un mot. Sur son ouvrier, pourquoi pas car l'autre con méritait ben une sacrée branlée !* ».

« *Et quant à sa femme, je ne pense pas que l'on doive dire violences. Moi je dirais putôt remise à sa juste place, car la bougresse elle lui en faisait vouère !* ».

« *J'suis d'accord avec la Chemise* » ajoute le Ciré qui complète :

« *Et je peux vous dire que moi je lui aurais foutu des torgnoles pour la faire revenir au domicile conjugal !* ».

« *Et vous Madame et Monsieur Chanseau, quel est votre avis ?* ».

« *Une belle salope tout simplement !* » ajoute brutalement Ciao complété bien vite par sa femme :

« *Oui une fieffée garce alors que son bonhomme c'était la crème des hommes* » puis après un silence, elle ajoute :

« *Et j'peux vous dire que par ailleurs il a bien fait de virer son ouvrier* ».

« *Ah bon ? Pourquoi ?* ».

« *Il se dit qu'il piquait dans la caisse. Moi en plus je pense qu'il couchait avec la patronne…* ».

« *Et sur la femme justement, qu'avez-vous de plus précis à nous dire ?* » questionne l'adjudant pendant que la Moule prend des notes.

« *Elle courait la campagne* » dit l'Absinthe en résumant sa pensée.

« *Ben fallait la voir racoler dans le polder du Dain, auprès des gars et des cabanes* » complète Ciao.

« *Pour êt' pus précis, on peut même dire d'une cabane surtout* » ajoute avec un clin d'œil le Ciré.

« *Expliquez-nous ?* » demande le Juteux.

« *Ben vouaïe. Même que j'les ai moi-même surpris un dimanche matin en train de se bécoter darrière les ateliers des Forges. Y m'ont pas vu. J'ai tiré les chausses vit' fait, j'vous l'dit* ».

« *Et c'était qui le bécoteur ?* » demande la Moule en souriant.

« *Ben, tout le monde le sait ici* ».

« *Oui mais pour nous ce serait quand même mieux si vous nous le disiez !* » poursuit-il.

« *Le Vasou bien sûr* ».

Cela fait comme un magnifique clignotant dans la cervelle bleue de nos braves militaires. Les autres présents confirment en ajoutant quelques menus détails, particulièrement la Chemise :

« *Même qu'le Vasou y s'en cachait pas* ».

« *Pourquoi dites-vous cela ?* »

« *Y disait qu'le Palud devrait s'occuper plus de sa femme, si bien qu'les aut' n'auraient pas à faire son boulot !* ».

« *Je confirme* » dit l'Absinthe en ajoutant :

« *Même que j'ai toujours trouvé ce bonhomme un peu trop crâneur et suffisant. J'peux dire que j'n'aurais pas passé des vacances avec lui !* ».

« *Ça tombait bien. J'aurais servi à quoi alors* » s'exclame en rigolant son mari.

« *Ben fallait ben quêqu'un pour t'nir la bougie tout de même !* » ajoute le Ciré dans la rigolade.

« *On va aller voir ce gars à sa cabane au moment de la marée haute, tout à l'heure* » dit alors le Juteux qui, comme son collègue porte la main au calot et sort pour continuer son enquête.

Ils laissent sur place nos quatre compères un peu décontenancés par l'idée des violences.

« *Bon, moi j'dis qu'y faut pas s'laisser aller ! Un frère jumeau à celui-là mon bon Ciao* » lance la Chemise.

« *Itou !* » pour le Ciré.

« *Quand même, qui a pu raconter des choses pareilles ? Le Palud qui courait les jupons, ben j'aurais voulu voir ça !* » soupire l'Absinthe.

« *C'est pas pasqu'y t'a pas couru après qu'il était pas un coureur de jupons. Et pis tu dis ça mais c'est pour nous enfumer voilà tout* » ricane son mari, fier de lui et de sa blague vaseuse !

« *Mais mon Dieu qu't'es bête mon gars, et tu sais ben que personne ne pouvait s'approcher, tu montais tellement la garde. Ah fallait voir le Mossieur, jaloux comme un tigre qu'il était. Bon maintenant le tigre n'a plus de dent et y fait pu peur à quequ'un !* » lui rétorque l'Absinthe avant de se réfugier dans sa cuisine…

La Chemise s'humecte les lèvres et avec l'œil malicieux interpelle ses collègues de zinc :

« *Cela me rappelle une histoire. Celle du médecin et du coureur de jupons… Vous connaissez ?* ».

Il est clair que les mouvements de tête de gauche à droite répondent négativement à sa question !

« *Dans son cabinet, un médecin finit d'examiner son patient et lui dit d'un air grave : écoutez, cher monsieur, je ne vous donne pas plus d'une semaine à vivre si vous continuez à courir les femmes comme ça !* ».

« *Ce dernier rétorque qu'il se porte très bien et que ça ne lui fait aucun mal* ».

« *Oui peut-être dit alors le médecin, mais l'une d'elles est ma femme...* ».

Le Ciré a failli avaler sa gorgée de travers et tousse autant qu'il est possible.

« *À la vôt !* » en profite pour placer la Chemise.

« *Merci à toè la pareille* [61] *!* » répond tout enroué le bon Ciré à peine remis de son étouffement.

La quinte finie, à son tour de dire qu'il aime bien l'histoire des deux gars au bistrot :

« *L'un est coureur de jupons notoire, l'autre, timide, marié depuis peu. Ce dernier avoue ne pas avoir fait l'amour avec sa femme avant le mariage* ».

« *Oui et tu penses mériter une médaille ?* ».

« *Non c'est pour dire qu'avec ma femme on a attendu. Et toi ?* ».

« *Elle s'appelle comment ta femme ?* »

Et pendant que le bistrot du port résonne des rigolades, les gendarmes ont poursuivi leur recherche. Les voilà au portail de la cabane du sieur Le Moal au polder sud. Ils cherchent un peu partout, mais non, notre homme n'est pas là. La marée est haute et il devrait être sur son exploitation, mais ce n'est pas le cas. Sa voiture n'est pas là, mais sa barge est ici, bien garée. Il n'y a aucun désordre à constater.

Alors la voiture bleue repart en direction de la rue de la marine au sortir du hameau de L'Époids où habite notre ostréiculteur. Arrivés sur place, la sonnette n'attire personne

---

[61] Merci à toè la pareille ! = merci, à toi aussi !

au dehors. La voiture du Vasou n'est pas là, le portail est fermé à clefs et les fenêtres et portes sont fermées.

Au moment où ils allaient repartir, la voisine d'en face leur fait signe depuis sa fenêtre de cuisine.

« *Vous cherchez l'Françoè ? »*.

« *Oui, vous savez où on peut le trouver ? »* demande la Moule.

« *Ben non. Sa voiture n'est point là depuis 3 jours, mais les volets restent ouverts. Le soir y a pas de lumière. Non, non, l'est point-là. Mais la maison point totalement fermée, c'est pas son habitude ! »*.

« *Qu'est-ce qui fait que vous êtes inquiète ? »* demande le Juteux.

« *Non j'suis pas inquiète, j'constate seulement »*.

Après avoir salué leur indic, nos militaires repartent, direction la brigade. Et au point du soir avec le chef, La Miss résume parfaitement la situation :

« *En fait la Retourneau est veuve, et son amant connu de tous est porté disparu ! Ce qui est bizarre c'est que la cabane du gars en question soit ouverte, il faudrait surement regarder ça de plus près. Est-ce qu'il vit caché là-bas, est-ce qu'il y passe ? Le soir ou la nuit ? »*.

Cela ne fera guère bouger le juge.

« *Oui, continuez à observer son exploitation. Il réapparaitra bien à un moment ou à un autre ! »*.

En un mot on attend ! Et on va attendre… Les marées suivent les marées au contraire des enquêtes qui semblent rester en morte eau…

La camarde s'amuse

Au Port du Bec, c'est l'effervescence de la marée basse qui approche.

Alors il se met à grouiller en ce début du mois de mai. Et de bonne heure bien entendu.

Les tracteurs apportent les barges depuis les cabanes ou exploitations.

Les bateaux amarrés dans le port- chinois se chargent de caisses et poches.

On s'interpelle, on blague.

Sur le « *Marin turbulent* », le Mac s'affaire comme les autres.

« *Dis donc Mimi, t'as laissé ta belle Nina toute seule au magasin. T'as pas peur qu'on te la pique ? »*.

« *Oh toi le Mac, t'es ben le seul qui pourrait me faire ça, alors j'suis là pour te surveiller et te suivre bond'là !* ».

« *Mimi, plus sérieusement, t'as des nouvelles du Vasou ?* ».

« *Non, il est peut-être ben parti faire les bars du quai des oranges... Y parait qu'il y a de sacré morceaux de nantaises qui s'y baladent !* ».

Les esprits sont joyeux, le ciel est bleu, le vent absent, Dieu que la journée va être belle.

Puis petit à petit les bateaux et barges vont quitter le port. C'est un défilé qui sort du chenal en entrant dans la baie, selon le passage matérialisé par les piquets. D'aucuns vont aller sur les bancs de sable pour pêcher de belles palourdes qui feront le régal des connaisseurs, d'autres se dirigent vers leur parc.

En passant devant le parc du Vasou, Mimi constate une anomalie. Il ralentit son bateau. Et son œil ne l'avait pas trompé.

Des tables sont renversées, les poches sont enlevées sur une partie, comme si un bulldozer était passé et avait emporté à la fois les huitres et les ferrailles.

Le parc du Vasou a été partiellement détruit. Et vu les dégâts sur les pignots et les tables, on peut être certain que ce n'est pas un coup de tempête qui a fait cela !

Il se dit qu'en rentrant de sa pêche il ira voir chez son collègue pour savoir un peu ce qui se passe.

En attendant, il repart à sa quête du matin.

La matinée se déroule et le défilé des bateaux va à nouveau faire une belle animation au port.

Quand les barges approchent dans l'embouchure du canal du Dain, les tracteurs entrent sur la cale en marche arrière, un homme descend dans l'eau du port pour aider à diriger la barge et on l'accroche ensuite. Dans un rugissement de moteur un peu fatigué par l'effort, l'attelage repart dans la pente et sort de l'eau le joli chargement de poches.

Puis chacun se dirige vers son exploitation. Il faut de suite décharger, commencer le trompage [62], charger les claires…

Les pêcheurs quant à eux rentrent également en marée remontante. Ils peuvent décharger les prises, ranger et nettoyer les filets, les casiers, les lignes, et leur bateau avant de laver le pont. Vient alors le moment de penser à reprendre des forces et à partir déjeuner.

---

[62] Trompage = pratique d'affinage des huitres qui consiste à les remonter progressivement de manière à allonger les périodes d'émersion tendant à habituer le coquillage à se fermer et à garder son eau

Le Mac passe d'abord chez le Vasou et lui aussi constate que la maison est fermée avec les volets ouverts. Il n'y a pas de signe de vie. Alors notre pêcheur décide d'aller à la gendarmerie.

C'est Colbert le planton. Ils se connaissent bien, car ils font tous deux partie du club de palets vendéens.

« Salut Marc ! ».

« Salut Michel ! Quoi d'neuf ? ».

« Ben figures-toi que ce matin quand je suis sorti aux casiers, j'ai vu un drôle de spectacle. En passant devant le parc du Vasou j'ai constaté qu'il avait été sacrément malmené, pas mal de tables détruites et des poches en grand nombre disparues ».

Colbert lui demande un instant et s'en va dans les bureaux. Il revient très vite accompagné du Juteux. Le Mac refait sa déposition.

Ceci est consigné sur la main courante.

Mimi peut enfin se diriger vers son repas qui se fait quand même attendre depuis un moment.

Du côté des militaires, il y a conciliabule avec le chef. Il ressort quand même un ensemble de faits concordants entre l'absence, la maison vide, la voiture disparue, son parc déjà malmené il y a quelques temps et maintenant les destructions, voire des vols.

Le point avec le juge d'instruction conforte le militaire : il a raison de proposer de constater sur place. Donc, il prend la décision de lancer une inspection avec les pompiers. Il est convenu avec le Palet qu'il feront une sortie avec le zodiac à la marée basse du lendemain matin.

Qui peut détruire des tables sans être vu par les professionnels durant les marées basses... ? À priori personne.

Il faut donc l'avoir fait à marée haute ce qui semble incongru et difficile à réaliser, ou de nuit à marée basse.

Qui peut se lancer dans une affaire pareille ? Un gars qui connait bien le coin et qui sait où sont les installations du Vasou, de surcroit bien équipé.

Alors en attendant le lendemain matin, on va aller voir sur le port si on signale un manège inhabituel. La Miss et le Juteux partent en quête. Ni au port ni au chantier, on ne peut leur signaler quelque chose.

Chez Ciao rien non plus, il n'a rien entendu la nuit ou les nuits précédentes.

En rentrant bredouilles vers la brigade, ils passent devant le magasin « *Prince des palourdes* ». Ils s'arrêtent et c'est Nina qui les accueille.

« *Vous venez pour la destruction des parcs ?* ».

« *Oui, est-ce que Mimi pourrait nous dire quelle partie du parc a été touchée* ».

Quelques instant plus tard, Mimi qui préparait une commande dans l'arrière-boutique les renseigne. Les bleus peuvent rentrer au bercail.

Mais il y avait deux oreilles qui n'avaient rien perdu de l'échange, pas une seule miette !

Eh oui, la Grenouille était là pour chercher ses crevettes du soir.

Et je peux vous dire que Coppi, Anquetil ou les grands champions d'antan auraient eu du mal à la suivre en vélo quand elle a quitté le magasin de Nina !

Et droit devant jusqu'à la maison de retraite.

« *Sœur Marie mpff ! Clémence mpff !* ».

« *Savez-point mpff ! core un drôle mpff ! de truc mpff !* ».

« *Allons Marceline, asseyez-vous et reprenez votre souffle* ».

Il faut quelques minutes à la vieille qui souffle comme une forge pour reprendre son calme.

Puis elle va narrer à sa compagne les informations qu'elle a pu glaner chez Nina.

Et bien entendu sa curiosité maladive la pousse à proposer une nouvelle action pour le duo d'enquêtrices ridées…

« *Ma bonne Marie Clémence, j'propose qu'demain on aille faire un tour du côté de chez Le Moal et si y faut on pourrait aller jeter un œil à sa caban'. Quand même ce gars y s'est pas volatilisé tout de même ?* ».

« *Mais vous savez bien que les gendarmes ont déjà été voir et ils n'ont rien remarqué*».

« *Alors là ma chère, j'peux que rétorquer qu'ils sont aussi allé au Pont Noir et qu'en fait c'est nous qu'avons trouvé !* ».

La sœur pique-fesses se range derrière le bon sens de Marceline. Rendez-vous est pris le lendemain matin après l'heure des piqûres.

Et voilà donc la dodoche qui décolle avec nos deux enquêtrices.

A Beauvoir, chez le Vasou, elles constatent la même chose que tout le monde. Sa maison semble inhabitée, volets ouverts. Alors on rembarque et les voilà sur le chemin du polder sud. A la cabane Le Moal, le portail est ouvert. Elles entrent.

Sous le hangar, personne. Tient, c'est curieux la porte du bureau n'est pas fermée à clefs. Marceline la pousse malgré la dénégation de la bonne sœur.

Dans les bureaux, rien à signaler, tout est en ordre ou du moins tout est comme si le Vasou venait de quitter son fauteuil pour aller faire une course.

Par contre il n'a pas pris son téléphone. Il ne peut donc pas être très loin...

En poursuivant, un coup d'œil aux toilettes. Rien non plus.

Un voisin, celui de la cabane d'en face, est attiré par nos bonnes femmes qui se baladent dans l'exploitation. Il vient leur demander ce qu'elles sont en train de faire chez son collègue.

« *Ben comme les gendarmes ont besoin de nous à chaque foè, pour avancer dans leur enquêt', on les remplace, v'là tout !* » s'exclame Marceline choquée qu'on puisse les soupçonner de je ne sais quel méfait...

Devant tant de naïveté et en absence de danger, le gars repart vaquer à ses occupations de l'autre côté du chemin, songeant quand même que cette vieille est une sacrée pétroleuse.

Nos deux dames de fer poursuivent les recherches. Examen des divers bassins. Rien.

Marceline commence à tirer la patte. Même plus, elle les traine lamentablement ses vieilles guiboles...

Elle se pose sur une caisse et peut s'adosser au mur du bureau.

Elle sort un grand mouchoir de grand-père et s'éponge le front.

« *Fais sacrément chaud asteur. Ah j'supporte d'moins en moins la température. Moi j'préfère quand y pleut* ».

La sœur hausse les épaules et s'assoit sur une autre caisse aux côtés de notre épongée...

« *Ben vous avez vu ce que vous faites ma bonne Marceline. Hein ? Vous n'arrêtez pas ! À votre âge !* ».

« *Comment ça à mon âge ? J'suis encore jeun' tout de même !* ».

« *Oui vous avez raison !* » rassure la bonne sœur un tantinet amusée.

« *Et si on faisait le point* ».

Elles reprennent tous les éléments de leur constat. Pas de voiture. Il devrait donc être parti.

Oui mais en laissant son bureau et sa cabane ouverts, cela n'est pas normal. Donc il est parti pas loin.

Et puis sans son téléphone, c'est plus qu'improbable.

En laissant ses volets ouverts depuis plusieurs jours chez lui. Ne serait-ce pas un indice d'anomalie ?

Sa barge est bien là et il semble que tout le matériel soit effectivement toujours en place. Donc il n'est pas allé en mer et n'a pas disparu dans la baie, sa barge ne serait pas rentrée toute seule tout de même !

Par contre la calibreuse est branchée. Donc s'il est parti, cela confirme également qu'il ne devait s'absenter que quelques instants.

Car tout nous montre qu'il avait prévu de travailler à cette machine. Et ce n'était pas pour la réparer mais bien pour trier et préparer ses bourriches et ses ventes…

Sous le hangar, des poches vides sont en tas près de la bouilloire. Elles attendent leur lavage. C'est normal après une bonne journée de ramassage dans les parcs.

Ce qui l'est moins c'est que c'est en vrac, comme s'il venait de stopper leur nettoyage au milieu d'une série. Et c'est en fait la seule chose non rangée sous ce hangar.

C'est quand même bizarre tout cela !

« *Vous saviez ma chère Marie Clémence qu'le Vasou et la Retourneau serait proches l'un de l'aut' ?* ».

« *C'est quoi encore ce ragot ma bonne ?* ».

« *Ben y'se dit partout qu'ils auraient ou auraient eu une aventure* »

« *Ah là, là. Vous n'allez pas non plus ajouter des ragots aux ragots tout de même* ».

Elle se dit que ce village non seulement la surprend pour sa capacité à inventer des histoires, mais surtout à affabuler dans des moments où bien au contraire, on devrait voir les gens se serrer les coudes et chercher une solution aux énigmes qui leur sont posées.

« *Et puis si lui est absent, la Maryse quant à elle est bien là, je suis allé hier matin lui faire une piqûre. Elle a un problème de lombalgie et le médecin lui a prescrit une série d'ampoules* ».

Marceline ne trouve pas que les arguments de son amie soit recevable. Car ce n'est pas parce qu'il a disparu qu'ils ne sont pas ou non pas été un jour dans le même lit ! Ah, là, là, cette bonne sœur elle ne voit que des anges partout, pense la vieille.

« *Bon avant de repartir, on se fait un nouveau tour sur place si cela peut vous rassurer Marceline* ».

Rien dans la cabine de la plate. Marceline, fait un gros effort et veut se rendre compte par elle-même de ce que l'on peut trouver dans la cabine du tracteur…

Dieu que c'est haut.

Elle s'accroche, se soulève difficilement à la force des bras et se laisse tomber sur le siège. Assise derrière le volant, elle se fait interpeller par Marie Clémence :

« *Dites donc ma bonne, y a pas un siège moins haut et plus facile à atteindre ?* ».

Il n'y a rien, même pas un coussin sous lequel on pourrait trouver un papier, une piste…

Alors elle décide de revenir par terre, abandonnant son poste de vigie qui lui allait si bien. Des observateurs attentifs auraient trouvé qu'elle se laissait pendre aux poignées dans une descente en rappel sans corde et surtout avec un zéro pointé au niveau artistique !

Toujours rien dans les bureaux et les toilettes. Pas plus dans les bassins.

Rien sous le hangar, que ce soit dans le bassin, dans les machines ou sous les entassements de poches.

Et pour finir, toujours aussi curieuse, Marceline jette un œil à la bouilloire.

C'est curieux tout de même, il y a des poches dans l'eau, non sorties après leur traitement à l'eau bouillante pour éliminer tous les parasites…

Et comme notre vieille est plus têtue qu'une mule de grand âge, elle se met en quête d'un crochet.

Elle en trouve un sur la margelle du bassin sous le hangar. Elle revient à la bouilloire et avec le crochet tente de déplacer la poche qui est là.

Sœur pique-fesses la regarde faire son manège, un sourire au bord des lèvres devant cette amie qui ne change pas avec le temps : elle veut tout savoir, donc elle doit tout voir, et chaque information recueillie doit être expliquée…

Ah cette grenouille comme on l'appelle dans le village, c'est quelque chose tout de même !

Mais son sourire se fige. Marceline vient de pousser un cri.

Marie Clémence approche et constate la même chose que sa copine d'enquête : un bout de tissu est là, et cela ressemble à une manche de chemise de travail…

Oui.

Et on ne peut guère se tromper.

Une main en sort, avec un doigt tout boursouflé, énorme, dirigé vers elles comme s'il était en train de les accuser ou de leur donner un ordre !!!

« *Ah Dieu, Marie Joseph. Faut ben vite aller à la gendarm'rie !* »

Il faut que la bonne sœur soutienne sa collègue jusqu'à la voiture.

Et voilà l'équipage en route pour la brigade de gendarmerie…

« *Ça doit êt' le Vasou ?* ».

« *Oui ou un autre !* ».

Une vraie pétaudière !

Branle-bas de combat devant la déposition de nos deux vieilles.

Si le Juteux avait encore des cheveux, il se les arracherait quand Marceline en partant lui lance avec un air malicieux :

« *Et pis mon adjudant, faut pas hésiter à nous d'mander si vous n'avancez pas dans vos enquêt' ! »*.

« *Anneu* [63]*, an est disponib' toutes deux. Surtout n'hésitez point ! »*.

Le chef prévenu, missionne le Juteux et Colbert pour constater et valider ce qu'on dit les bonnes femmes !

Arrivés sur place, il faut bien se rendre à l'évidence. Nos deux enquêtrices sauvages avaient raison.

Alors téléphone au chef, alerte des pompiers, information du procureur de la République, et un médecin légiste est désigné....

Il n'y a aucun indice à proximité de la bouilloire.

Le corps est extrait de sa piscine mortelle une fois que le légiste est arrivé et a fait ses premières constatations.

Les gendarmes sont obligés de demander aux curieux venus des autres cabanes de bien vouloir se retirer...

Le toubib constate qu'il y a une plaie à l'arrière du crâne, mais les chairs ayant été cuites à l'eau bouillante, il n'a pas de totale certitude.

---

[63] Anneu = aujourd'hui

Il ne peut indiquer à priori les causes de la mort, mort non naturelle bien entendu. Il faudra attendre l'autopsie pour en savoir plus.

Les militaires ont noté les vêtements, portés par le cadavre, la montre restée à un poignet et une gourmette...

Le fait que le prénom François y soit gravé laisse penser au Vasou, le gars disparu, mais ce n'est pas suffisant pour l'affirmer haut et fort.

Le corps repart ainsi que le médecin. Les pompiers quittent les lieux. Les gendarmes apposent les scellées à l'entrée du bureau, referment le portail et apposent leur signature d'interdiction de pénétrer.

Quand Le Juteux rentre avec Colbert à la brigade, il y a de la paperasse à faire. Le chef informe le procureur qui annonce attendre les résultats de l'autopsie avant d'engager quoi que ce soit.

Et le lendemain matin, c'est Le Bavoir et Colbert qui sont sur le pont, ou du moins sur la cale du Port du Bec où l'on vient de mettre à l'eau le zodiac des pompiers.

Deux pompiers, deux militaires et voilà l'esquif qui fend l'eau...

Arrivés devant le parc du Vasou, force est de constater que Mimi avait bien raison.

Non seulement des pignots ont été cassés, des tables ont été tordues et cassées mais il manque toutes les poches sur une vingtaine de mètres... On les cherche. Elles ne sont pas au fond de l'eau.

Les constats sont faits, Colbert a tout noté.

Est-ce la marée qui a fait dériver les grillages disparus ?

Le zodiac fait un tour mais aucune trace des huitres envolées ! Il faut se rendre à l'évidence. Il y a eu destruction et vol !

De retour au village, la paperasse attend une nouvelle fois nos militaires.

Le procureur s'emporte quand le chef lui fait son rapport.

« *Mais bon Dieu, c'est pas croyable votre bled est une vraie pétaudière !* »

Pui ajoutant de suite :

« *Excusez-moi je me suis laissé emporter, mais c'est quand même inouï ce qui m'arrive* ».

« *Surtout à nous m'sieur le procureur* » rétorque le chef.

Il est clair qu'il faut lancer une enquête sur l'ostréiculteur victime, en attendant tous les résultats attendus. Pour cela, on va refaire le tour des popotes, du marché, des bars, des cabanes voisines à celles de Le Moal.

On apprend aux gendarmes que Jean Pierre Retourneau et Le Moal ont tous deux un banc aux halles de Challans. Alors le contact est pris avec la brigade locale puis des investigations lancées sur place.

Il se dit des choses curieuses dans les couloirs de ce marché couvert ! Le dynamisme de nos deux gars aurait fait des envieux. Plus encore des jaloux car ils captent l'essentiel de la clientèle, surtout lors du marché du samedi.

Et un nom est suggéré aux enquêteurs. Cet homme a également tenu un banc de marée dans ces halles jusqu'en décembre de l'an passé. Il a laissé ensuite son affaire pour disait-il se consacrer à un marché bien plus rentable : celui de Talensac à Nantes, et il y avait ouvert d'ailleurs un étal en janvier de cette année.

Une enquête discrète pousse les militaires à prendre langue avec notre bonhomme. Félix Bourseau est convoqué à la brigade de Bouin. Le surlendemain, il y est longuement interrogé.

Il fut un ami d'enfance du Palud… Il avoue que quand son ami s'est marié, il était tombé amoureux de la belle Retourneau, mais sans plus et sans déclarer sa flamme.

Quant à son implication dans les destructions et même dans l'accident du Vasou, il n'y est pour rien. Et il peut le démontrer : il rentre tout juste il y a 3 jours d'un voyage. Il avait décidé l'an passé qu'il s'offrirait une croisière qu'il vient de faire avec sa chérie pour leurs 20 ans de mariage. Et un beau voyage, je vous le dit ! La Scandinavie, les Lofotens, les aurores boréales, le cercle polaire… 3 semaines de rêve…

Ses dires sont immédiatement contrôlées. C'est exact. Il n'y a rien à retenir contre lui.

Puis les marées, suivent les marées.

Le ciel véhicule ses jolis troupeaux de petits nuages blancs qui lui donnent une couleur encore plus bleutée qu'à l'habitude.

Le temps passe…

Le vent pousse le vent.

Marcelline de son côté trouve que l'inaction est préjudiciable à sa santé. Elle s'interroge, car enfin, cela fait plusieurs semaines que le pays s'est d'un seul coup endormi.

Oui bien sûr, elle avait lu comme tout le monde dans Ouest-France le résultat de l'autopsie du cadavre cuit au court bouillon, sans aromates avait insisté le Mac au bistrot lorsque la nouvelle fut connue sur le port.

Oui le gars Le Moal, le Vasou, avait bien été assassiné.

Le procureur avait diligenté un juge d'instruction, et avait pris la précaution de nommer le même que pour la disparition de Jean Pierre Retourneau.

Le légiste avait indiqué que la mort avait été provoquée avant l'immersion dans l'eau bouillante.

Un grand coup sur l'arrière du crâne avait été asséné.

Il pourrait avoir été donné soit avec un objet à bords peu épais soit avec un crochet qui sert à tirer les cageots d'huitres du bassin où ils sont plongés. Une nouvelle descente des gendarmes sur place ne permettra pas de mettre la main sur un crochet ensanglanté, ni sur aucun outil correspondant à la description vague faite par le légiste.

Un examen succinct du bureau ne laisse pas non plus entrevoir la moindre arme par destination…

Un crochet sera récupéré sous le hangar mais ne portant aucune trace. Il a peut-être été nettoyé ou bien alors il n'a pas servi à l'assassin… Quelques temps plus tard le crochet récupéré à la cabane ne fournira pas d'empreinte ni d'ADN aux examens pratiqués.

Mais les choses semblent vouloir se compliquer. La tâche des gendarmes ne va pas en se simplifiant. En effet le lendemain même, un incendie se déclare dans le polder sud…

Dans une cabane. Et sur place pompiers et gendarmes constatent qu'il s'agit de la cabane du Vasou, là où ils enquêtaient la veille.

Les gendarmes se rendent compte que les scellées du portail ont été détruites et les pompiers sont formels, on a mis le feu avec de l'essence dans le bureau…

Alors comme dirait le procureur, c'est un monde de fou que nous vivons pense le Palet en dirigeant l'opération d'extinction. Une vendetta dans le marais breton vendéen ?

Ils vont pouvoir aller regarder de plus près son domicile. Jusqu'alors, la disparition d'un adulte jugée non inquiétante, ne permettait pas d'avoir un besoin de perquisition du domicile. Il en est maintenant autrement.

La Miss, Colbert et le Juteux font la descente.

La maison est dans un ordre relatif. Des vêtements trainent par terre dans la chambre. La vaisselle du dernier petit déjeuner est sur la table de la cuisine alors que celle du diner précédent est dans l'évier.

Dans le salon, il y a un secrétaire ouvert. Trônent sur le battant abaissé toute une série de papiers. Il y a des post-it avec des griffonnages : « palud », « curé », et un nombre « 2011AA12 ». Et une boite, comme une bonbonnière, attire l'attention de la Miss. Elle lit les mots écrits sur le couvercle : « *À rendre au curé* »…

Elle l'ouvre. Surprise ! Ah oui alors pour une surprise c'est une surprise ! Des hosties !

« *Dieu, pas possib' ! C'était lui le voleur dans l'église !* ».

Les enquêteurs se posent la simple question : quel point commun entre le saulnier disparu, sa femme, l'ostréiculteur, le curé, les hosties volées, le ciboire planqué dans le bac à compost, les parcs détruits et les cabanes incendiées ? On peut quand même dire que l'équation est gratinée !

Quand le point est fait avec le juge, ce dernier s'interroge et tombe à la conclusion toute simple. Si on a incendié cette cabane, c'est pour faire disparaitre quelque chose que les gendarmes n'avaient pas vu… L'incendie ayant démarré dans le bureau, c'est donc un document, un fichier, l'ordinateur, le téléphone portable auraient pu être visés dans cette attaque…

Quand le magistrat demande si on peut examiner les restes de l'ordinateur ou du smartphone, le Juteux est bien contrit. Vu l'état de total anéantissement du mobilier sur lequel étaient le PC, tout a fondu. Les restes ne sont pas exploitables et les pompiers avec l'accord des enquêteurs ont fait disparaitre les débris avec les gravats évacués.

À la gendarmerie, les questions majeures posées par le chef sont simples :

« *On a un disparu* ».

« *Sa femme a un amant* ».

« *L'amant est retrouvé assassiné* ».

« *Les bureaux de l'amant sont totalement incendiés vraisemblablement pour faire disparaitre quelque chose de compromettant* ».

« *Est-ce que cela concerne le tueur ou est-ce quelqu'un qui a profité de l'opportunité ? »*.

Le Juteux fait alors part de ses remarques :

« *Deux idées : soit on cherchait à faire disparaitre un document sur un support, papier ou fichier d'ordinateur, soit l'autre hypothèse selon laquelle ce sont des traces laissées lors d'une visite antérieure qu'il fallait supprimer* ».

Et chacun à la brigade y va de son commentaire. Oui, oui, sûrement un document plutôt qu'une trace…

Tout le monde ? En fait non. La Miss est restée silencieuse tout le temps de la discussion. Elle intervient alors pour donner son sentiment :

« *Moi j'opterai pour des photos compromettantes enregistrées soit sur le portable soit sur l'ordinateur. Derrière tout cela, moi je persiste à penser que tout cela est une énorme histoire de cul ! »*.

« *Et donc faire disparaître des photos par trop éloquentes me semble être un scénario vraisemblable* ».

« *Et pourquoi pas ? »* acquiesce le chef…

Quand la réunion se termine, un plan de travail a été élaboré, il a été communiqué au juge, le procureur en a été averti et tout ce beau monde a validé :

- Rechercher de clichés avec les protagonistes de l'affaire sur les réseaux sociaux.

- Intégrer dans cette recherche le gars Bourseau.

- Examen détaillé de la vie de Le Moal tant au plan de l'intimité que celui de la profession. Il a peut-être déjà été victime de quelque chose. Victime ou impliqué dans une affaire sur la côte, sur l'Ile ou même sur Nantes !

- Inventorier ses fréquentations et chercher des addictions éventuelles aux jeux, y compris le sexe en examinant s'il n'y a pas quelque chose du côté de Nantes.

- Rechercher si cet homme était un fétichiste de clichés volés.

- Procéder à l'examen des vidéos de surveillance du port et du polder.

Et c'est peut-être là que réside la chance de nos militaires que cet ensemble de vidéos.

Il fut une époque où il y avait tellement de vols d'huitres dans la zone ostréicole, que les contrôles des gendarmes durant les nuits, étaient notoirement insuffisants pour stopper l'épidémie.

C'est alors que tout le coin a été couvert de caméras, ce qui s'est montré dissuasif car les vols ont nettement diminués. Et quand il y en a, les préjudices sont nettement moindres.

L'examen minutieux des films de surveillance du port n'apportera que peu d'informations.

On y voit tous les habitués du port, les familiers du bar de la Marine, les ouvriers et clients du chantier de réparation de bateaux. On peut même constater que certains partent du boulot avant l'heure…

Dans le polder du Dain, ce sont les passages des camionnettes tant pour aller et venir aux cabanes que celles qui vont vers la zone du parc éolien, à l'Ifremer ou France Naissains. La majorité des véhicules, hors les passages d'attelages allant ou revenant des parcs, est principalement constitué de véhicules frigorifiques. Des poissonniers, des pêcheurs, des mareyeurs, et des camions de grande distribution…

Non, en visionnant plusieurs fois, il n'y a rien de particulier à noter pour la période de l'assassinat.

Pour la période de l'incendie, la qualité des enregistrements de nuit est bien pauvre sur le Dain, mais n'empêche pas de distinguer quelque chose. On y voit un deux roues et un gars tout de sombre vêtu, portant une capuche sur la tête.

On distingue à peine quand il escalade le portail puis il se dirige vers le fond de la zone vers les équipements du Vasou.

Moins de deux minutes plus tard on distingue une silhouette qui revient en courant saute la clôture et disparait sur la route du champ d'éoliennes en direction de Bouin…

Et quand les militaires tentent de trouver le type de deux roues, la seule chose que l'on peut tirer est que cela ressemble à une mobylette, car il n'y a pas de carénage et ce n'est pas un gros modèle…

Alors ma fois, qui possède une mobylette dans la région ? Et si cette question semble bien simple, la réponse ne l'est pas du tout…

Sur quelle zone géographique faut-il chercher ? Sur Bouin, il faudra plusieurs jours pour se faire une idée et pour exclure en fin de compte les personnes identifiées. Leur moyenne d'âge étant la soixantaine bien mûre, on n'imagine pas ces gens suffisamment souples et gaillards pour sauter les clôtures et courir comme le gars de l'enregistrement !

Au-delà de Bouin, on questionnera les brigades voisines sur un éventuel jeune gars circulant à mobylette, adepte des vêtements sombres à capuche… Autant dire des enquêtes juste pour la forme, car il y a trop ou pas assez de réponses sur une question aussi vague !

Et pour ce qui est questions, il faut aller en discuter avec le père Korsakov. Quand la Miss lui apprend que ses hosties sont réapparues chez le Vasou, il lève les yeux au ciel….

« *Vous avez une petite idée , mon père, sur les raisons de ce larcin maintenant que l'on sait qui en était l'auteur ?* ».

« *Jamais je ne l'ai soupçonné un seul instant…* ».

« *Et vous n'avez jamais eu maille à partir avec lui ?* ».

« *Ma foi non. Rien* ».

« *Cherchez bien, d'autant qu'il y avait votre nom sur un bout de papier chez lui… Comme pour se rappeler de quelque chose. Il y avait aussi un code. Est-ce que 2011AA12 ça vous rappelle quelque chose ?* ».

« *Non !* ».

Les enquêteurs le voient se prendre le menton dans une main et devenir brutalement bien pensif ? Aurait-il une idée ?

« *Hummm !* » et il ajoute après réflexion :

« *Si AA veut dire avril alors il s'agit du 2011 avril 12 ? Si c'est cela, alors oui ça me dit quelque chose. Je me rappelle bien…* ».

« *Quoi mon père ?* ».

« *Il était venu me demander un avis. Il avait avoué être l'amant de madame Retourneau et l'affaire commençait à lui créer quelques soucis. Il ne voulait pas en parler en confession, et il avait déclaré cela tout de go* ».

« *Et alors ?* ».

« *Ben je lui avais précisé que l'adultère était un péché, ce qui de suite l'avait mis en rogne. Il était parti sans plus en discuter* ».

« *Vous êtes sûr de la date ?* ».

« *Oui, oui, car c'est le jour de mon anniversaire et la bonne Marceline m'avait même dit que, moi d'habitude toujours souriant, pour mon anniversaire j'avais l'air revêche !* ».

« *M'sieur le curé, c'est peut-être là l'origine du vol du ciboire dans votre église ?* ».

« *Je n'en crois pas mes oreilles ! Je vous le dis, nous vivons un monde un peu fou !* ».

Les gendarmes le questionnent alors sur le gars en mobylette semblant être le pyromane recherché. Non, cela ne lui dit rien. Un sourire monte sur ses lèvres. La Miss s'en aperçoit, et ose lui demander :

« *Mon père qu'est-ce qui vous fait sourire ?* ».

« *Oh, vous allez me trouver bien osé, mais je viens de penser à une blague au sujet des jésuites* ».

« *Un garçon demande à un jésuite, s'il peut lui prêter son solex. Oui quand tu auras coupé tes cheveux ! Mais mon père, lui répond le jeune garçon, Jésus aussi, avait les cheveux longs... . Et le jésuite d'ajouter : en effet, et lui était toujours à pieds...* ».

De retour à la brigade, le point avec le chef va cette fois s'avérer plus positif que les précédents. Et si l'on connait la blague du jésuite et du solex, c'est sympa de la raconter, mais cela ne fait pas avancer les dossiers !

On a donc solutionné le vol des hosties dans l'église de Bouin. On sait que le Vasou commençait à avoir des soucis à cause de sa relation avec la dame Retourneau. Il faut donc maintenant creuser un peu plus du côté de cette relation adultérine.

On sait que le mari de la dame est mort en premier. Y a-t-il un lien entre les deux morts ?

Car si l'on parle de soucis, est-ce que ceux-ci peuvent aussi devenir un geste violent, une attaque, un assassinat ? Et dans ce cas, on voit mal la dame et sa frêle carrure, balancer son amant dans la bouilloire !

Si ce n'est pas elle, y aurait-il un adversaire tripotant les jupons et même tout le reste de la saulnière, et qui aurait fait place nette pour en profiter bien davantage ?

Ou bien encore, est-ce que cette dame voulait se débarrasser d'un ancien amant qui ne lui offrait plus les mille et une nuits au septième ciel ?

Et ce X, a-t-il un lien avec la mort de Jean Pierre le Palud ?

Voilà de quoi se remonter les manches du côté de la brigade.

Une horreur chasse l'autre

Les gendarmes sont toujours au four et au moulin, voire même aux huitres et au sel. Quelqu'un de mal intentionné pourrait dire qu'ils devraient avoir l'esprit au claires !

Il y a la mort de deux gars du village, un dépeçage qui fait ressembler le pays du Gois à la forêt de Bornéo et ses derniers anthropophages, un pot au feu non consommé de viande humaine et bien des ragots ou rumeurs aux parfums les plus désagréables... Par là-dessus un ou plusieurs corbeaux...

Mais à part les certitudes obtenues avec les résultats des analyses des légistes, c'est un grand brouillard qui enveloppe les dossiers.

Quand ils font leurs rondes, ils croisent assez régulièrement Marceline sur son vélo. Elle leur adresse un grand signe de tête, car il ne s'agit pas de lâcher son guidon tenu d'une main, pendant que l'autre maintient solidement son large chapeau de paille sur la tête face au vent.

Car de son côté elle continue ses recherches. Sœur Marie Clémence s'est bien un peu lassée de tous ces mouvements sans but et a laissé la grenouille continuer le travail.

« *Ma bonne, je suis un peu chargée avec tous les malades en ce moment. Je vous laisse explorer et quand vous aurez un début de piste, prévenez-moi. Je viendrais vous aider !* ».

Et la championne sur deux roues d'aller farfouiller vers les cabanes, dans les diverses zones ostréicoles, là où sont entassés de si nombreuses choses et surtout des débris.

Elle cherche, elle furète, elle suppute, elle espère, elle gratte, elle remue, elle se remue et s'en retourne chez elle tous les jours les reins endoloris et le moral en baisse. Heureusement dès le lendemain, après son éternel café-chicorée-tartine au beurre salé du matin, elle a récupéré la charge de ses batteries internes, et peut se remettre à la tâche !

Et ce matin la voilà partie au Port des Champs. Il y a un joli petit vent de galerne [64] et il faut appuyer fort sur les pédales pour contrarier les bourrasques de ce vent que les bretons là-bas appellent gwalarn.

A chaque fois qu'elle vient ici, elle prend le soin de passer de l'autre côté de l'étier pour admirer les façades colorées de la rive droite. Si l'estancot de l'ostréiculteur est ouvert, elle entre pour saluer et demander de manière systématique, si les huitres sont belles et s'il s'est passé quelque choses les derniers temps. Mais ce matin, on est à marée basse et le vendeur d'huitres est en mer et seuls ses distributeurs sont disponibles.

Alors elle poursuit son chemin.

Quand elle arrive au bout du chenal, juste avant la cale de descente des bateaux, elle va examiner derrière le dernier bâtiment. Il y a un semblant de grillage bien détérioré derrière le local tout jaune. Et sur ce petit lopin en friche, un reste de cabanon, et un tas de détritus.

En regardant ces immondices, Marceline trouve d'abord et avant tout du polystyrène emmêlé dans de vieux filets abandonnés. Il y a des morceaux bois avec de la peinture dessus, comme des vestiges d'un canot de pêche. Elle se saisit de l'un d'eux et gratte... Et à force de gratter, non pas la

---

[64] Galerne : nord-ouest (vent frais et humide)

mandoline mais le tas de cochonneries, son regard est attiré par quelque chose d'anormal.

Oui cela ne ressemble pas à des déchets. Elle enlève un peu plus la saleté et la voilà bâton figé, bouche ouverte, yeux écarquillé, souffle court, bouche sèche !

Et oui, il y a ce qu'elle était venue chercher en fait, mais peut-être un peu plus encore. Il y a des os ! Oui des os et tout laisse à penser que c'est un bout de macchabée qui a été enfoui là.

Elle doit se rendre à l'évidence, ce sont les os d'un pied et un tibia… Dans un premier temps, il faut qu'elle s'assoit. Elle trouve rien moins que le tas de détritus…

Puis les sens revenus quasiment à la normale, elle se redresse, franchit la clôture, prend son vélo et va jusqu'à La Gaultière, la première maison habitée sur la route de Bouin. Elle a bien du mal à expliquer, mais la vieille qui la reçoit la connait bien. Elle sait que la mère Surimeau n'est pas une femmelette à s'émoyer [65] plus qu'il ne faut !

Elles sont allés en classe ensemble. Elle comprend aux mimiques de la copine qu'il faut appeler les gendarmes.

« *Gendarme Thibault, brigade de Bouin. Que puis-je pour vous ?* ».

« *J'ai Marceline Surimeau à côté de moè. J'vous la passe* ».

« *Oui. Mpff, faut v'nir aux Champs j'vous attend au bout du ch'nal. Mpff, un cadav' et pis voilà !* ».

Et pendant que notre championne du contre la montre en vélo, et du contre le vent, repart plein ouest, c'est le branle-bas de combat chez les bleus !

« *Chef, chef. La Grenouille nous a trouvé un autre cadavre !* ».

---

[65] S'émoyer = s'inquiéter, se faire du mouron, s'émouvoir

« *Mais bon Dieu c'est quand même pas croyable. Nous on cherche partout et v'là une vieille bigote qui nous damne le pion. Elle peut à peine se déplacer sans gueuler à cause de ses rhumatismes. Elle nous déterre les cadavres sous le nez ! »*.

Le chef est rouge et l'on ne peut savoir si c'est de honte ou d'émotion le faisant friser l'apoplexie !

« *C'est vraiment le bordel ici ! Allez Colbert et Bavoir, en route. Vous me tenez au courant arrivés sur place* ».

Sur place, ils retrouvent la bonne Marceline. C'est avec un très léger sourire aux lèvres qu'elle les attend. Elle les guide et leur explique comment elle a déterré les osselets.

Alors voilà la machine de guerre qui se met en route. Appel au chef et premier compte rendu. Ce chef met au courant le bureau du procureur, pendant que Colbert appelle les pompiers. Bavoir quant à lui enchaîne avec l'appel au médecin du village. Quand on y pense, dans le temps et sans téléphone, on avait besoin quasiment d'une journée pour faire tout cela !

L'adjudant Coupereau, commande à la Moule de s'équiper et de venir avec lui. Même si le lieu est peu fréquenté en dehors des périodes de vacances scolaires, il faut quand même faire un balisage et interdire que l'on s'approche tant que les mesures ne sont pas faites.

Voilà nos 4 militaires sur place. Ils complètent les observations de la Grenouille, mais ne grattent pas afin de ne pas plus dénaturer la scène.

Quand le médecin arrive, il est chagrin.

« *Mais bon Dieu de bon Dieu les gars ! Vous me faites déplacer pour que je constate qu'un zigoto a été dérouillé et que je ne peux rien constater, si ce n'est l'absence de corps en fait. Donc je n'ai rien d'autre à dire si ce n'est que ce coup-là vous m'emmerdez ! Comme si je n'avais pas de clients qui poirautent dans ma salle d'attente ? Essayez d'être un peu organisés bordel ! Salut »*.

Et le voilà qui tourne casaque en n'attendant ni de réponse ni de commentaire. On ne peut pas dire que sur ce coup-là les gendarmes ont apprécié, mais ils connaissent leur bonhomme : un ronchon de chez les ronchons !

Alors on reparle au chef. Le Juteux est missionné pour appeler la scientifique. Il y a un peu de route quand même depuis la Roche, et encore faut-il qu'une équipe soit opérationnelle et prête à partir.

En attendant son arrivée il faut prendre patience. Il n' y a pas âme qui vive ici. Alors pour l'enquête de voisinage il faudra attendre ! Et quand on pense qu'il n'y a même pas de bistrot sur le quai…

Les minutes passent, les mouettes également…

Voilà enfin du mouvement. Un bateau remonte le chenal. Il rentre des parcs et est chargé d'huitres. Le patron et son gars accostent. Ils déchargent leur cargaison tout en jetant un œil à cet attroupement de gendarmes et cette vieille assise sur la selle de son vélo. Ce n'est quand même pas un tableau courant.

Quand leur boulot est bien avancé, le patron va vers le groupe qui l'intrigue… Rapidement mis au courant, il apparait d'un seul coup comme un sauveur :

« *Vous allez encore attendre un moment si je comprends ben. Avez-vous soeff ? J'ai quêques canettes dans le frigo à ma cabane. J'vas vous chercher ça »*.

« *Ah non alors, pas de bière pour moi c'est mauvais pour les sportifs ! Tout le monde sait que c'est mauvais pour les artères et pour le cœur »* lance alors la Marceline comme si elle devait rester encore un moment.

« *Madame Surimeau, je crois que nous n'avons plus besoin de vous. Vous pouvez rentrer on prendra une déposition en bonne et due forme demain* ».

« *Ouaïe, mais j'ai la pépie. J'prendrais de l'eau si c'est pas trop vous commander* » lance-t-elle au patron parti chercher son précieux liquide…

Colbert rigole sous cape, pendant que la Moule fait comme si de rien n'était et que Bavoir sifflote en prenant un air détaché qui ne trompe personne. Pour sa part, le Juteux trouve que notre bonne vieille exagère nettement !

C'est avec soulagement d'ailleurs qu'il la voit remonter sur son vélo un peu plus tard, et partir avec l'air digne, le regard fier et le gosier humidifié !

Le cafetier d'occasion est quant à lui reparti pour aider son ouvrier. Il y a du travail quand on rentre comme cela de la visite aux parcs !

La voiture de Colbert a été positionnée près du pont sur l'étier des Champs pour interdire le passage sauf à la scientifique, et le Juteux et son adjoint gendarme attendent bien assis dans leur véhicule près du lieu de la découverte.

Plus de deux heures après l'appel, voilà le camion et les spécialistes. Alors on relate, on précise, et on oublie au passage de dire que c'est une vieille octogénaire, une fouille partout, qui a trouvé les ossements.

Qu'à cela ne tienne.

Les hommes en blanc, se saisissent délicatement des os apparents. Ils examinent les alentours. Photographie, recueils de bien faibles indices. Ils cherchent ensuite dans le tas d'ordures si l'on peut trouver autre chose.

Non que des débris liés à la pêche… Pas de trace, pas d'information pour l'enquête, et surtout pas d'autres restes humains.

De retour en fin de journée à leur caserne, nos militaires font leur rapport. Le chef synthétise pour le bureau du procureur.

Au briefing, les supputations vont bon train, mais en fin de compte tout le monde pense au Palud dont on n'a jusqu'alors retrouvé qu'une main dans les sables du passage, le crâne au Pont Noir et… rien d'autre.

Alors un autre bout du puzzle macabre semble être une idée qui requiert l'accord de tous.

Par contre quand notre Louison Bobet en jupes arrive au village, elle se précipite à la maison de retraite.

« Ma bonne Marie-Clémence, vous n'imaginez pas ce qui m'arrive, mpf… ? ».

La bonne sœur la regarde et laisse tomber :

« Vous êtes essoufflée car vous avez pédalé beaucoup trop vite pour votre cœur ! ».

« Mais cré Dieu, j'vous parle pas de ça ! ».

« Mais moi si ! Vous ne prenez pas assez soin de votre santé ma chère ! Je devrais vous gronder plus souvent ! Bon, alors qu'avez-vous trouvé cette fois ? Un nouveau cadavre ? » fini la pique-fesses en rigolant.

Décontenancée, Marceline, ne sait pas quoi dire sur le moment…

« Ben comment qu'vous savez ? ».

« Vous avez la même tête que quand nous sommes allées ensemble au Pont Noir, tout simplement ».

« Alors asseyez-vous et racontez-moi ».

Et la voilà faisant son compte rendu, fidèle, mais à sa façon, ajoutant quelques détails croustillants de son invention… Même que, dans son compte rendu, les gendarmes et les pêcheurs lui ont fait une ovation devant son succès et lui ont payé à boire !

« *Ah quand même ! Moi à votre place j'irai en glisser un mot au bon père curé* ».

« *Vous avez raison. Allez à revouère ma bonne, j'file tout drèt* [66] *au presbytère* ».

Avant d'arriver au presbytère elle fait un détour par la boulangerie, puis rencontre sur son chemin un certain nombre de personnes, si bien qu'en arrivant chez le père Shéhérazade, on pourrait être tenté de dire qu'il est pratiquement à cet instant le seul de la commune à ne pas être au courant !

Le père curé a un haut le cœur quand la Grenouille lui raconte ses derniers exploits.

Encore un pauvre diable passé sans vergogne de vie à trépas ?

« *Mais dans quel monde on est ma bonne Marceline ? Je vais me recueillir* ».

La messagère se retrouve avec personne à qui parler…

Largement fatiguée par ses courses incessantes, elle se dit qu'il est alors temps de rentrer chez elle car elle a accompli sa mission d'enquête et d'information de la population.

Elle enfourche sa bicyclette et rejoint ses pénates non sans avoir croisé Edmond Fourneau sortant du tabac où il est allé recharger son stock de tabac brun pour alimenter sa bouffarde qui colle si bien avec son patronyme. Les mains chargées de boites d'Indian Summer [67], il est interpellé par Marceline.

« *Alors Monmond, vous connaissez point la dernière ?* ».

« *Bôh non. J'suis pas sorti d'chez moè, sauf pour mon stock de tabac à refaire* ».

---

[66] Tout drèt = tout droit

[67] Indian summer = tabac pour pipe, fabriqué à la main selon une vieille tradition des Amish, sans recourir aux technologies modernes.

« Ben moi j'vais vous dire : vous vous abimez bigrement la santé avec votre affreux calumet toujours au coin du bec. Y a pas pu mauvais pour attraper l'cancer, sans oublier l'infractus mon cher, oui, oui l'infractus du moka ».

« Bof ! ».

« Y a point d'bof qui compte bond'là ! Paf ! Une dose de tabac de trop, vous sentez point v'nir ! Ça vous bouche les tuyaux et l'cœur y s'arrête ! ».

« Mais vous allez pas vous y met' aussi ! Y a déjà ma gendresse [68] qu'arrête point ! Vous pourriez pas me parler de la nouvelle au lieu de m'asticoter comme ça ? ».

Et voilà donc le dernier informé du jour, que cela n'émeut pas du tout, car immédiatement il vient de penser à son ancien voisin découpé en morceau et pour lequel on est loin d'avoir tout retrouvé !

Arrivée chez elle, la dame Surimeau va pouvoir prendre un petit temps de repos devant son émission télé préférée qui lui permet de faire dérouiller ses méninges devant du calcul mental ou des mots à retrouver.

Après elle va s'ouvrir ses huitres, des boudeuses [69] achetées la veille chez Nina. Elle aime bien celles-ci, plus petites, mal foutues et nettement moins chères mais tout aussi bonnes.

Un peu de beurre sur une tranche de pain de seigle, un yaourt et une tisane. Hop, il est maintenant le moment de ronfler !

Le lendemain les commentaires sur les évènements de la veille vont compléter les gorgeons de nos habitués du bar de la Marine !

---

[68] Gendresse = belle-fille, bru

[69] Huitres boudeuses = d'une petite taille tout en arrondi, comme si elles n'avaient pas voulu grandir

Le Mac commence le défilé journalier des piliers de bistrot. Et bien entendu la discussion avec Ciao porte de suite sur le Palud. Un petit ballon de blanc en milieu de matinée et voilà de quoi développer l'imagination.

« *Moè j'pense que le gars Retourneau a été passé à la moulinette* ».

« *Hein ? Qu'est qu'c'tte histoère ?* ».

« *Les gros morceaux ont été éparpillés aux 4 coins du pays et la chair à saucisse fabriquée a servi d'appât aux pêcheurs du coin. C'est ben meilleur que des achets* [70] *pour l'anguille que diable !* ».

« *Passé à la moulinette tu penses que c'est possib' ?* » demande Ciao qui comprend de suite que l'on va rigoler un peu. Il relance donc…

« *À la moulinette ? C'est quoi c't'histoire ?* ».

« *Ben mon bon Ciao, te t'souviens pas à la télé ? Y avait un gars, Averty qu'y s'appelait, qui passait les bébés à la moulinette* ».

« *Ah si, j'me souviens ! Jean Christophe Averty qui avait fait un scandale, les gens n'ayant pas compris que c'était un montage. En attendant il en faut une sacrée moulinette pour se malaxer un gazier comme Jean Pierre !* ».

« *Non, non, une moulinette de pro, simplement* ».

« *Vous voulez faire quoi avec vot'moulinette ?* » interroge l'Absinthe sortant de sa cuisine.

« *Mouliner un cadav' évidemment !* » répond Ciao comme cela tombait sous le sens.

« *Mais c'est quoi ce délire ?* ».

« *Ben oui, pour faire de l'appât pour la pêche à l'anguille. Oui, oui, y a pas mieux qu'un haché de cuisse du Palud, voilà tout !* » répond le Mac devant les yeux horrifiés

---

[70] Achets = vers de terre, lombrics

de la tenancière partant précipitamment dans son antre afin d'éviter d'entendre d'autres horreurs du même genre.

Le Ciré, comme par hasard entre pour son biberon de Gros Plant du matin…

Et rebelote, les neurones phosphorent !

« Non c'est d'la faute au Palud tout simplement ».

« C'est quoi ton avis, le Ciré » demande le patron amusé de la tournure de la discussion.

« Vous savez ben qu'y disait toujours quand il affirmait quelque chose qu'il en mettrait sa main à couper ».

« Oui et alors ? ».

« Et ben dernièrement il a dit tellement de sottises, que la main n'était pas suffisante et qu'il s'est fait découpé le râble ! ».

« Et tu penses que c'est digeste si tu le cuis à la vapeur avec du thym et du romarin ? ».

Il n'y aura pas de réponse à la question du Ciao avec l'entrée du père curé. Les discussions redeviennent normales et le bistrot peut ainsi reprendre une allure plus civilisée. Le prêtre reste toujours sur la réserve, mais c'est un endroit où il aime bien passer et rencontrer les habitués avec lesquels il y a toujours de bons moments à passer.

Plus rien de la journée peut notoirement être mentionné et ne pourra servir de début de nouvelle piste. Sauf peut-être une dernière pour la route en fin d'après-midi pendant qu'un gars est là en train de siroter un verre. C'est typiquement un commercial, costard, chemise, attaché-case… Il n'est pas d'ici car il parle pointu. C'est un représentant en machine à calibrer les huitres.

Alors le Ciré se dit que l'on peut profiter du moment pour quitter l'établissement avec une tirade sur laquelle le visiteur s'interrogera sûrement longtemps.

« *Bon, la compagnie c'est pas le tout, mais l'est l'heure de se taper un fion avant d'se pagnoler* [71] *! À revouère !* ».

Le patron en rigole intérieurement, quand il voit la tête du gars, un peu décalé ici avec son costard de jeune communiant et son gel sur les cheveux.

Et le Ciao décide d'en remettre une couche en se tournant vers la porte de la cuisine où il entend son épouse remuer les casseroles et préparer le repas du soir.

« *Dis-moi l'Absinthe, c'est y qui faut qu'j'm'en aille éparrer les gueneilles* [72] *?* ».

Étonnée, elle pointe son nez à la porte mais voyant la tronche étonnée du gars de la ville en train de siroter sa menthe à l'eau, elle comprend de suite le jeu de son mari et continue dans le style pour voir ce qui va se passer :

« *Badame non ! Te vas pas m'faire des saletés partout. J'viens juste de sincer* [73]. *Te vas goiser* [74] *partout ! T'as les pieds tout crottoux* [75]. *Par cont' tu pens'ras ben qu'au matin te devra aller chez Nina. J'lui ai commandé des oreilles de lièvre* [76] *pour le midi. A en f'ra qu'une goulée* [77] *avec une bignaïe* ».

Le second sourcil levé d'étonnement et plus encore d'incompréhension, accompagne le paiement et la sortie de notre visiteur. Ciao en rigolant dit à la patronne :

« *J'suis sûr que plus tard ce damnion* [78] *dira à ses connaissances qu'il a été dans un village français où on ne*

---

[71] Se taper un fion avant de se pagnoler = manger un flan maraichin avant d'aller se coucher

[72] Éparrer les gueneilles = étendre le linge

[73] Sincer = laver à la serpillère (passer la since)

[74] Goiser = marcher les pieds mouillés

[75] Crottoux = sale, couvert de boue

[76] Oreilles de lièvre = se dit des huitres allongées

[77] Goulée = bouchée

[78] Damnion = touriste

comprenait rien à ce que les habitants disaient et en plus ils avaient de drôles de coutumes ».

Et sa femme en rigolant d'ajouter :

« En plus ils avaient l'air contents de manger des oreilles de lièvre !! ».

Ce fut le dernier évènement du jour au Port du Bec.

La journée suivante fut sans aucune aspérité ni évènement.

Le Ciré, le Mac, le Fion, n'ont bu que 12 pastis et 6 ballons de blanc dans la journée…

Une petite journée, des plus calmes pour les foies et estomacs, comme une journée de repos pour des champions cyclistes qui se remettent en forme avec un entrainement en vélo mais sur une moins longue distance !

Le surlendemain, un serveur du bistrot de la rive droite au Port des Brochets alerte les pompiers. Il y a un feu déclaré dans un bâtiment du port. Quand le Palet apprend la chose, il se dit qu'informer la gendarmerie sera une bonne chose avec tout ce qui se passe dans le coin depuis quelques temps.

Avec un autre gars de son équipe qui assurait une permanence, les voilà qui se transportent rapidement sur place avec leur autopompe. Au loin ils constatent un noir nuage de fumées. On voit bien que le feu s'est déclaré dans un lieu de stockage, la fumée qui s'élève est lourde, noire et monte par nuages qui s'enchainent.

Et sur place ils trouvent effectivement ce qui avait été indiqué lors de l'alerte. Le feu a transformé en torche une cabane désaffectée servant au stock de matériel près des bassins d'une ostréiculture qui vivote et dont l'activité est un peu réduite.

C'est au bout du chenal, dans le virage qui permet au chemin de continuer vers la pointe des Poloux.

Les hommes du feu arrivent pour noyer le brasier qui ne trouve même pas de quoi s'étendre et s'alimenter autour du petit bâtiment.

Quand les flammes sont dissipées, c'est au tour des gendarmes d'examiner les choses avec l'aide des pompiers.

Ils examinent, pèsent, constatent, notent, supputent, réexaminent, s'interrogent, et arrivent péniblement à une première conclusion qui pour le moins est pleine de certitudes :

« *Nonobstant le fait que le lieu était désaffecté, il semble que le feu a été éventuellement susceptible de prendre naissance à deux endroits différents en même temps mais il n'y a rien de bien certain !* ».

Sur la pointe des pieds qu'ils avancent ! De vrais jésuites nos deux bidasses !

Alors on revérifie. On refait des mesures, on prend des échantillons de cendres, on photographie, on se refait toute l'histoire… Et en fin de comptes, pas de doute. Il s'agit bien d'un incendie volontaire !

Il n'y a pas grand-chose de brulé. Quelques poutres se sont consumées, le toit étant en tôles a suivi les poutres calcinées et s'est partiellement effondré. Dessous ces débris, on peut apercevoir qu'à l'intérieur il n'y avait quasiment rien, à part des caisses en polystyrène et un peu de tout venant. Vous savez ce que l'on garde au cas où cela pourrait servir…

Les caisses ont fondu et sont maintenant recouvertes par des ferrailles et de la cendre de petit bois venant surement des cagettes entreposées.

Il faut voir ce qu'il peut y avoir sous ce magma et les gendarmes demandent aux pompiers de sortir ces restes. Ils éparpillent dans un premier temps. En fouillant autour et dessous, le Palet à un moment s'arrête.

Il se penche pour mieux voir ce qui l'intrigue.

Il ne peut s'éviter de jurer :

« *Bren !* [79]»

Il se redresse, et doucement, comme une confession :

« *Bordel de Dieu ! Cor' un maccab' !* ».

Au bout de sa pelle, apparait un os. Un os long, pas détruit par le feu rapidement éteint. Et en cherchant encore, un second plus long apparait. On continue à gratter. On ne trouve rien d'autre…

Le chef est averti à la brigade de gendarmerie.

« *Voilà encore des pièces pour notre puzzle. Bon est-ce utile d'appeler la scientifique, maintenant que vous avez charcuté bien fort avec les pompiers, et tout foutu en l'air ?* ».

Et il ajoute pour lui-même en raccrochant :

« *Si ça continue, moi j'demande ma mutation !* ».

Dans les décombres, il y a donc deux nouveaux ossements… Un tibia et un fémur semble-t-il. Ils sont transportés avec ménagement à l'IML par les pompiers.

Les gendarmes plongent dans l'enquête.

Qui est le propriétaire des lieux ?

Est-ce un professionnel et si oui a-t-il des employés ?

Se connaissent-ils des ennemis ?

Alors on cherche. On enquête et on trouve.

Le propriétaire atteint plus par les rhumatismes déformant que par l'âge est en train de transmettre son exploitation.

Le fils Rabeau connait les lieux. Vous savez, celui dont le père avait été agressé devant le bar et qui reste à ce jour toujours hospitalisé.

Mais plus encore, ce gars travaille dans cette ostréiculture. Et encore plus beau, c'est lui qui est en négociation pour la reprise de l'affaire toute vieillissante…

---

[79] Bren ! = juron vulgaire, « merde ! »

Le procureur désigne comme juge d'instruction sur le dossier, celui qu'il a déjà nommé sur la mort du Palud, celle du Vasou et sur l'agression de Rabeau. Ce bon Herbert Poidevin va voir encore un dossier atterrir sur son bureau à côté des nombreux autres en souffrance.

De très nombreuses questions émergent et courent sur toutes les lèvres à la gendarmerie.

Tout d'abord, n'ayant toujours pas les résultats des tests d'ADN sur le pied et le trognon de tibia trouvé il y a deux jours au port de Champs, il semble à l'évidence qu'il n'est pas aberrant d'affirmer qu'il s'agit là encore de nouveaux restes du gars Retourneau ?

Y a-t-il un lien entre le feu et l'agression du père Rabeau, et plus largement avec les Rabeau ?

Avec les ossements trouvés, peut-on imaginer une relation entre le Palud et ces derniers ?

Est-ce le vieux propriétaire de la cabane qui est visé ?

Si oui pour le feu, serait-ce alors que l'on veut lui faire porter le chapeau dans le meurtre du gars Retourneau ?

L'exploitation vivotant avant la cession, n'est-on pas tout simplement devant une tentative de fraude à l'assurance ? Et dans ce cas, un acte malveillant commis par quelqu'un qui ne connaissait même pas l'existence des ossements dans le tas de détritus de la cabane ?

Voilà de quoi utiliser les journées de la brigade de gendarmerie de Bouin !

Sous l'œil du paparazzi

Le temps a laissé place au temps. Les grandes vacances viennent de se terminer. Les touristes bruyants sont partis. Il reste encore, avant les froids, quelques retraités qui prennent le temps de vivre, de se balader, de parler aux gens du pays.

Du côté de la gendarmerie, on cherche, on enquête, on fouille, on échafaude des plans aussitôt mis à mal par le constat suivant.

Le Palud reste un gars découpé dont on n'a pas retrouvé tous les morceaux. Et le puzzle est loin d'être terminé !

Le Vasou n'est pour l'instant qu'un dossier en instance, un bonhomme cuit tout habillé dans une bouilloire.

Si depuis longtemps on a solutionné le vol du ciboire à l'église, par contre on n'a pas avancé dans la solution du mystère des incendies.

Qui a mis le feu ?

Pourquoi ? On sait qu'à chaque fois c'est avec un accélérateur type essence et c'est la seule chose tangible connue.

Quant aux lettres des corbeaux, il n'y a aucun élément permettant d'avancer dans la recherche des auteurs.

Et notre Louison s'ennuie ! C'est l'autre surnom donné à notre Marceline quand on la croise sur les routes, la garelette [80] bien serrée enfoncée sur les oreilles, le corps penché en avant pour diminuer la prise au vent, pédalant avec

---

[80] Garelette = bandeau pour tenir les cheveux

ses vieilles jambes, comme si elle disputait le contre la montre du tour de Vendée...

Et en ce moment tout le monde est morose, on ne la salue guère, et c'est tout juste si elle a encore envie de faire une balade en bicyclette !

Cette période sans évènement commence à lui peser. Un dimanche après la messe, elle entreprend sa copine Marie Clémence.

« *Ma foé, ma bonne Marie Clémence, nous on a graboté* [81] *un peu partout. Mais rien de nouveau depuis un sacré moment. Anneu, j'me demande comment que l'on a tué le Palud* ».

« *Ma chère, ne soyez pas impatiente, l'enquête va le dire...* ».

« *Mais ô l'a point d'enquêt' qu'avance, bond là ! Bon, on l'a coupé en morceaux et on l'a éparpillé. Mais avant. Parait qu'les gendarmes n'ont point trouvé* ».

« *Oh, ma bonne Marceline, il y tellement de façon d'estourbir un concitoyen, et sans qu'il y ait du sang partout !* ».

« *Oui mais parait qu'le crâne retrouvé c'est l'sien et qu'l'a pas de trace de coup* ».

Tout en échangeant, nos deux copines s'en vont tranquillement, Marceline appuyée au bras de la sœur pique-fesses, et sans que le moins du monde les quidams rencontrés imaginent qu'elles sont en train de vouloir occire un type à effet rétroactif !

Et comme tous les dimanches après l'office, après avoir longuement prié pour le repos de l'âme de tous les défunts passés et à venir, conscientes de rester hors du péché, elles se dirigent vers un coin douillet, un lieu bien gourmand, la merveilleuse pâtisserie du centre de Bouin « *Au fion doré* ».

---

[81] Graboté (graboter) = fouillé (fouiller)

Il y a en arrière salle un espace salon de thé. Et nos deux femmes ont l'habitude d'y venir chaque dimanche. Une petite table ronde et une nappe blanche fort accueillante font de l'endroit un lieu de calme propice à la réflexion.

« *Marie, comme d'habitude s'il te plait !* » annonce la bonne sœur.

Et ces bonnes âmes de reprendre leur discussion macabre… Ah mais, il faut s'en méfier des vieilles, surtout le dimanche après la messe… On ne sait pas de quoi elles sont capables !

« *Bon tuer sans saigner, y a pas trente-six solutions* » annonce Marceline.

« *Ma bonne, réfléchissons. Il y a le garrot* ».

Elles sont interrompues par l'arrivée majestueuse d'un Saint Honoré moussu de blanc pour notre championne cycliste et d'une religieuse au café pour la bonne sœur sans rancune pour ce nom de baptême un peu bizarre.

Un verre d'eau chacune. Et voilà l'enquête qui repart !

« *Oui le garrot, l'étranglement* » admet la vieille qui a déjà de la chantilly à la commissure des lèvres !

« *Oui ou l'étranglement à mains nues… Mmmm* ».

« *Ouaïe, mais faut quand même d'la force pasque not' Palud l'était costaud. Alors faut p't'êt' l'faire à plusieurs… Mmmm* ».

« *Vous avez raison ma bonne, il faudrait être plusieurs. Il y a l'étouffement alors… Mmmm* ».

« *Ô l'est vrai. Mais sous ine oreiller. Faut êt encor' plusieurs… Mmmm* ».

« *Pas obligatoirement. Il suffit peut-être d'enivrer notre bonhomme, de le coucher et de l'étouffer quand il dort … Mmmm* ».

« *Bof, l'Palud l'était pourtant pas homme à boère. L'fallait aut'chose pour le mettre à bas ! Mmmm* ».

« *Il a pu être empoisonné ?* ».

Une petite pause s'avère nécessaire.

Le Saint Honoré portant bien son nom a été rapidement honoré, et la religieuse n'a résisté à sa consœur que quelques instants avant de se faire avaler !

Une lampée d'eau fraiche pour pousser tout cela et pour s'éclaircir la voix, et hop après toutes ces douceurs on continue…

« *Une dose d'arsenic, ça vous dit ?* » déclare en rigolant la sœur.

« *Dans c'cas, faudrait savoère si y en avait dans sa saline et pourquoè* ».

« *Sous une forme ou sous une autre, on s'en sert pour tuer les nuisibles. Peut-être bien pour tuer rats musqués ou ragondins qui détruisent les berges des œillets ?* ».

« *Y a -t-y des ragondins dans l'eau des salines ?* ».

« *Je ne pense pas, mais dans les étiers et canaux à côté surement ! Personnellement, je pencherai plutôt vers le fait qu'il ait mangé des amanites ou autre saleté* ».

« *Des amanites an n'a pas dans l'Marô* ».

La fin du round est sifflée, du moins sonnée. La cloche de l'église vient de marquer de son coup grave la demie de midi. Il faut rentrer dare-dare pour déjeuner.

L'idée d'un empoisonnement va prendre le dessus de leurs idées pour quelques temps, car les voilà toutes deux en train inconsciemment d'imaginer la chose…

Marceline va croiser les gendarmes chez Nina dès le jeudi suivant. Elle est venue chercher sa douzaine d'huitres et une poignée de bouquets. Elle y trouve la Miss et Colbert dans leur visite journalière à la fois de courtoisie et de prise de température sur les faits et méfaits possibles de la nuit.

« *Bunjhur, tertous !* [82] ».

---

[82] Bunjhur tertous = bonjour tout le monde !

Et de suite de se tourner vers la gendarme venant de répondre à son salut :

« Dites donc ! Avec sœur Marie Clémence, on s'dit qu'le Palud l'est mort empoisonné avant d'le couper en grémillons [83]. *Vous en pensez quoè ? ».*

« Vous ne le raconterez à personne hein ? » répond-elle en sachant pertinemment que dans dix minutes tout le monde le saura.

« Vous povez me croère ! ».

« Ben on se dit qu'c'est possible. On n'a rien trouvé jusqu'à présent. Il semble bien qu'on l'a pas estourbi à coup de canon. Alors poison, étranglement, asphyxie, arme blanche, déshydratation ou carence nutritionnelle tout est possible chère madame Surimeau ».

Notre bonne vieille se trémousse de plaisir car la gendarmette vient de dire ce qu'elle voulait entendre : poison !

Pensez-donc, elle est arrivée avec sa copine à la même conclusion que toute la gendarmerie nationale réunie ! Elle n'est pas peu fière d'elles ! Aussi, en sortant, elle a tant envie de partager sa victoire, qu'elle pointe son nez au bar de la marine.

« Bunjhur Marceline ! » l'accueille dès le pas de la porte l'ami Ciré accroché à un petit sauvignon à la robe claire.

« À toè la pareille ! ».

Et tout en commandant une menthe à l'eau, elle s'assied à la table la plus proche du comptoir. Ciao s'empresse de la servir.

« Alors quelles sont les nouvelles que vous nous apportez ? ».

La Chemise arrive à son tour.

« Alors, comment va not'bon tchuré ? ».

---

[83] Grémillons = miettes, petits morceaux

« *Ô vat ben* ».

« *Et les nouvelles alors ?* ».

« *Ben moi j'sais comment qu'le Palud l'a été tué !* ».

« *Hein ? Et comment ?* ».

Elle commence par tremper ses lèvres dans sa menthe, les faisant patienter…

« *Empoisonné* ».

« *Du poison dans sa soupe ?* » demande l'Absinthe qui vient d'arriver de son étendage de linge.

« *Ouaïe, et à la brigade on quête là-dessus* ».

« *Moi je croyais qu'il était mort d'un coup de couteau* » dit simplement et avec regret notre Paulo.

Car tout de même un coup de couteau ça fait viril alors que du poison ça fait mesquin ! C'est pas une méthode de mec, car enfin le poison c'est bien un truc de filles !

Et sautant sur l'occasion pour détendre l'atmosphère et pendant que la vieille sirote son verre, les yeux fermés, toute contente de l'effet qu'elle vient de produire, le Ciré demande :

« *En parlant de lame. Vous savez ce que c'est un canif ?* ».

Tout le monde est pris à contre-pied. Personne ne s'attendait à une telle question à la suite d'une discussion sur des choses bien macabres.

« *Vous n'trouvez point ! Ben un canif c'est un fien !* ».

Et content de lui, il met sur le gravier son verre de blanc !

Paulette lui fait un signe du menton pour lui demander s'il veut une suite.

Il opine du chef et la serveuse s'exécute. Pendant ce temps elle écoute attentivement, car elle voudrait bien comprendre.

La vieille n'a pas saisi elle non plus.

L'Absinthe a besoin d'un moment pour assimiler.

La Chemise se gondole et Ciao qui n'en rate pas une non plus, d'ajouter :

« *D'ailleurs le Palud le s'est peut'êt' ben baigné avec son cabot* ».

Voilà l'assemblée qui ne comprend pas où il veut en venir. Le connaissant, tout le monde attend une vanne, mais laquelle ?

« *Ben oui, et le clebs, il a pété dans l'eau* ».

« *Ben et alors ?* » demande Marceline.

« *Ben c'est un pékinois* ».

Alors que le Ciré se tord de rire en avançant son ballon, la pauvre ne comprend toujours pas.

« *Ben, un pet-qui-noie* » doit-on lui expliquer.

Et quand enfin la solution de l'énigme arrive à ses premières neurones fatiguées, elle pince le nez et montre son agacement d'entendre une chose aussi bête.

« *Mais quel grand sot qu'vous êt' !* » et ayant perdu de son aura, elle paie et quitte les lieux se disant qu'elle va aller porter la bonne parole dans l'épicerie du village.

Alors que les neurones phosphorent au Port du Bec, plus ou moins intelligemment d'ailleurs, un drôle de manège a lieu dans les dunes de la Parée Preneau entre Saint Jean de Monts et Saint Gilles-Croix de Vie.

Une voiture s'est garée en bordure de la route. Un homme en descend, s'étire, regarde autour de lui et entre sous les pins. Ici c'est courant. Les gens se retrouvent pour un pique-nique, d'autres y viennent pour un jogging au grand air, d'autres pour satisfaire une envie pressante.

Mais en milieu de matinée, un jour de semaine, c'est plutôt pour la dernière solution que notre homme est entré là, car manifestement, ce n'est pas un joggeur. Pantalon de jean, chaussures de cuir, polo de couleur, non, il n'est pas venu pour courir.

De mauvaises langues pourraient toujours dire :

« *Quoique !* ».

Car un peu plus loin, en bord de route, un autre véhicule vient de s'arrêter. En descend un jolie petite bonne femme, avec moins d'une petite trentaine.

Elle sort de son coffre un panier et un tapis de soleil, regarde autour d'elle et satisfaite, entre à son tour dans un routin de sable s'enfonçant dans la pinède. Il est clair qu'elle n'est pas non plus venue faire du sport !

Une jolie petite jupe large et colorée, un chemisier blanc, échancré et boutonné devant, des ballerines aux pieds, des lunettes de soleil sur le nez. Tout de la dame qui vient se faire bronzer et passer une après-midi au grand air, au soleil, tranquille !

Au moment où notre minette entre dans les dunes, un quidam passe en voiture.

Il repère de suite la robe et ses motifs de couleur et se dit que c'est peut être un coup qui se présente pour lui. Il s'arrête, gare sa voiture et descend, le Leica à la main. Car notre bonhomme est photographe.

Il s'agit de Cédric Gourdon, appelé par ses copains « *la Lentille* ».

Il est installé à Saint Hilaire de Riez et c'est son jour de repos. Il cherche toujours à faire des clichés sympas, avec une lumière inhabituelle, ou un mouvement remarquable, voire avec un modèle aux traits fins et agréables.

Il est fanatique des portraits et se dit qu'en discutant avec cette dame, il pourrait peut-être faire la photo du siècle, celle digne du grand prix de la photo de l'Académie des Beaux-Arts…

Il attend un instant pour ne pas surprendre son modèle, et tranquillement s'enfonce à son tour sous les pins, dans un autre routin.

Quelques instants plus tard, il entend des voix. Il ralentit le pas et écoute. Pour l'instant rien d'audible vraiment.

Il s'approche sans bruit et comprend alors qu'il a, pas très loin de lui, un couple venu pour des ébats ensoleillés aux bonnes senteurs des pins !

Ils sont installés sur un tapis de plage. Le monde entier n'existe plus pour eux…

Et c'est dans ces instants que la Lentille apparait comme un voyeur. Inlassable « *reluqueur* » derrière son objectif de par son métier, là, en plus, il devient comme qui dirait sournois dans une histoire qu'il devine d'ores et déjà croustillante !

Le coquin !

Quand il arrive à avoir une vue sur sa cible, un peu étroite au travers des troncs de pins, mais suffisamment nette, il se régale. La madame, allongée sur le dos, a déjà bien avancé dans son opération de câlins.

Le chemisier ouvert, un sein enveloppé par une main experte, l'autre au soleil, elle est comme scotchée aux lèvres de son partenaire. Elle fourrage à qui mieux mieux dans la chevelure châtain du monsieur qui ne s'en plaint guère.

C'est bien la dame à la robe à fleurs aperçue tout à l'heure. Effectivement se dit il intérieurement, elle venait là pour se faire bronzer… La preuve en est avec Phoebus qui pointe ses rayons gourmands sur l'aréole du sein libre.

Mais pas que ! Quant à la robe à fleurs, elle est suffisamment large pour que gaillardement la main du quidam lâche le sein et se lance dans une exploration méticuleuse des choses cachées à la vue.

Et Madame aime cela.

Les genoux relevés pour laisser plus de champ à la balade des cinq doigts, elle roucoule, gémit, replaque sa bouche sur celle du monsieur, et on recommence.

Notre Lentille n'en perd pas une miette.

Il se dit qu'un cliché ne lui fera pas de mal et que cela peut toujours servir... Pour une exposition, voire pour le vendre à la dame s'il peut en savoir plus sur elle et trouver ses coordonnées. Eh oui, il n'y a pas de petit profit quand on est artiste comme lui !

Il arme son appareil photo et attend une roucoulade, un gémissement de plaisir pour déclencher sans qu'on l'entende.

Une fois, deux fois pour le couple. Puis il cadre mieux le visage de la dame et attend un instant où elle va se décoller de son homme pour reprendre son souffle !

Hop un joli visage et joli buste découvert au soleil sont dans la boite. Un second ne serait pas de refus. Alors il guette, il attend, oui bien sûr il se rince l'œil, mais il reste attentif. Le moment propice arrive et voilà, mission accomplie.

Pour l'homme il est bien plus difficile de lui tirer le portrait. Il tourne toujours le dos à l'objectif, et sans jeu de mot, il a un autre chat à fouetter ! Il est de dos et son visage est enfoui dans les boucles brunes de la jolie.

A un moment, il se redresse un peu, redresse son buste, laisse momentanément les dessous de la dame en fusion et porte une main à sa braguette, ne laissant pas de doute à la Lentille quant à la raison de cette opération !

Et clac !

Dans la boite, face à l'objectif. Une seconde occasion se présente alors qu'il entend Madame demander avec insistance de venir. Il double la photo.

Puis notre émule de Doisneau se dit qu'il est maintenant temps de battre en retraite, sans bruit, doucement, accompagné par des moments de plaisirs encore accentués et fortement exprimés par madame…

Ah mais dites-donc, elle a de la voix la minette !

Oui il faut partir, car il ne faut jamais être trop gourmand quand on est paparazzi ! Il a hâte de rentrer pour développer ses clichés.

Dans l'après-midi il sera dans son labo en train d'examiner ses épreuves. Deux sont vraiment top, une de la femme et une de l'homme.

Il les range ensuite avec précaution, se disant qu'un jour il trouvera bien qui sont ces gens.

Vu la période, ils n'ont guère l'air de touristes et la dame avait une voiture avec un numéro d'immatriculation 85. La Vendée.

Donc c'est une locale !

Il se met à rêver de la rencontrer un jour prochain sur un marché. Il imagine alors combien la différence entre la jeune ménagère faisant ses emplettes et la diablesse des dunes serait alors saisissante !

Ah oui, une telle expérience vaudrait le coup !

Puis son trophée de chasse tombe petit à petit dans l'oubli.

Au bout de quelques jours il n'y repense plus. Il est déjà passé à autre chose.

Pour nos Maigret en jupons, c'est le calme plat, ce qui n'empêche nullement de continuer à réfléchir. Oui, l'une comme l'autre sont toujours sur le même sujet : comment on a pu tuer Jean Pierre ?

Le temps passé ayant consolidé dans sa tête la thèse de l'empoisonnement, notre Marceline a décidé d'aller trouver le curé.

Il est installé près de sa fenêtre devant un exercice de mots croisés un peu compliqué dans le dernier numéro de La Croix.

Et quand il voit la Grenouille, il lui fait signe d'entrer, se disant qu'il va pouvoir se refaire des neurones pour arriver à trouver ensuite la maudite définition qu'il cherche depuis un long moment. En 5 lettres : carotte du diable ! Mais où est-ce qu'il vont trouver des définitions pareilles ?

« *M'sieur l'tchuré, j'ai quêque chose à vous d'mander* ».

« *Oui ma bonne Marceline. Dites-moi* ».

« *Ben voilà. Avec sœur Marie Clémence, on se dit que le Palud n'a pas été trucidé à l'arme blanche, on l'aurait su dans l'journal* ».

« *Peut-être, mais la presse ne dit que ce que les gendarmes lui confient et j'suis comme vous j'attends le résultat de l'enquête* ».

« *Oui mais nous on a trouvé aut'chose. Y peut êt' mort asphyssié, mais pusse encore ce serait-y pas un empoisonnement ?* ».

« *Mais ma chère, où est-ce que vous allez chercher tout ça ? Laissez faire les gendarmes que diable* » répond-il en se signant, et il ajoute :

« *Mais vous lisez trop d'Agatha Christie, cela vous perturbe le raisonnement ma chère* ».

« *Ô sait point qui c'est y qu' cet' Agathe à la sacristie, mais j'peux vous dire qu'les gendarmes y pense comme moè !* ».

« *Vous dites n'importe quoi, sauf le respect que je vous dois* ».

« *Non, non, j'leur en ai parlé et y pensent comme moè, v'là tout !* ».

Le père Shéhérazade n'en croit pas ses oreilles.

Alors autant pour satisfaire une peu de curiosité et pour beaucoup s'amuser, il la reprend :

« *Et empoisonné avec quoi ? Hein ? »*.

« *D'l'arsenic pour tuer les ragondins »*.

« *Et sinon ? »*.

« *Ben justement, c'est d'ça que j'voulais vous en causer »*.

« *Que voulez-vous savoir ? »*.

« *Avec quelle plante on pourrait tuer quêqu'un. An a pensé aux amanites, mais an n'a point par ici nous y semble »*.

« *Oui des amanites, vu que l'on n'a pas de forêt de feuillus toute proche, c'est un hypothèse qui n'est peut-être pas à privilégier. Encore qu'un tour dans la forêt de Mervent et hop un panier d'amanites doit être possible. Mais ensuite il faut le faire manger et le tueur ne doit pas y toucher... »*.

« *Ben oui, c'est ben ce qu'on s'est dit. Alors on voulait savoère si vous connaissez une plante mauvaise. En ce moment y a pas de muguet donc c'est pas ça, mais on a rin d'aut' ! »*.

Et d'un seul coup le père Igor se lève de son siège se précipite vers le fauteuil qu'il a quitté pour parler à sa visiteuse.

« *Mais oui bon sang de bon sang. C'est ça ! Vous avez trouvé ! »*.

« *Ben trouvé quoè ? »*.

« *La solution à mes mots croisés. Une carotte du diable ! Mais c'est bien sûr, c'est la cigüe ! »*.

Et le voilà obligé d'expliquer.

Oui la cigüe on en trouve par ici. Surtout la grande.

Elle ressemble beaucoup à la carotte sauvage. Bien que ces deux plantes partagent des caractéristiques similaires, telles que des tiges dressées, un feuillage découpé et des fleurs blanches, il existe des critères de distinction essentiels.

Tout d'abord, les tiges de la grande ciguë sont lisses, tandis que celles de la carotte sauvage sont velues au toucher.

De plus, si pour l'une les feuilles sont divisées en gros segments en pointe à l'extrémité, celles de la carotte sont au contraire divisées en fins segments petits.

Enfin, la clé de distinction se trouve à la cueillette et réside dans l'odeur : une forte odeur d'urine de souris lorsqu'on froisse les feuilles de la cigüe, odeur qui disparait après cuisson…

Et surtout, la différence entre les deux réside dans la grande toxicité de cette dernière.

Même le contact de ses feuilles n'est pas bon pour la santé si vous sucez votre pouce… Et une décoction, cela peut facilement tuer un homme.

Et si une dose ne suffit pas la seconde sera fatale.

Les symptômes sont nets et peuvent apparaître en 15 minutes : bouche sèche, puis pouls accéléré, tremblements, sueurs, convulsion.

Puis si la dose est létale, on voit apparaître une paralysie, débutant au niveau des doigts et s'étendant à l'ensemble du corps.

« Et la dose létale pour un être humain en bonne santé et de corpulence moyenne est faible ».

La Grenouille lève les sourcils :

« Vous dites quoè ? La pétale ? D'quoè qu'vous causez mossieu le tchuré ? ».

« Mais non. Létale, la dose létale. La dose mortelle si vous préférez ».

« Vous savez combien qu'y n'en faut de cette salade ? ».

« Attendez, je vais jeter un œil à mon encyclopédie ».

Et pendant que le prêtre recherche dans sa bibliothèque qui regorge de livres, Marceline réfléchit et se conforte dans l'idée qu'elle tient la solution sur la mort du gars Jean Pierre !

En plus elle attend avec impatience la solution que va trouver le père Igor, car de cela l'hypothèse de l'empoisonnement peut ou non être acceptable.

Le père curé extrait d'une rangée de livres un grand spécimen à la jaquette rouge bien passée, car bien manipulée !

« *Ah voilà. Les symptômes de la cigüe, la grande ou la petite. Il est écrit que la dose mortelle est de 0,2 grammes. Alors moi je vous dis qu'à part l'arsenic, il n'y a pas plus mauvais par ici que la cigüe* ».

« *Ben dites donc, m'sieur l'tchuré. Vous parlez d'un poison* ».

Le prêtre la voit se plonger dans un abime de réflexion, et on sent bien que son cerveau mouline, mais apparemment sans trouver une solution au problème posé.

« *Mais j'me rappellerais point du nom quand j'en parlerai à Marie Clémence. Vous pouvez point m'l'écrire sur un papier : ouaïe, la siglue, qu'vous dites ?* ».

« *Cigüe ! La mauvaise carotte comme on dit ici* ».

« *La cigüe ? Oui mais j'vais point m'en souvénir avec ma tête percée* ».

« *Voilà, j'vous l'ai écrit sur ce papier. Tenez. Mais je suis certain que notre bonne sœur connaît cela* ».

Elle prend en main la chose et on peut même dire qu'elle prend autant de soin avec que lorsqu'elle prépare les ustensiles de la messe.

« *Badame, l'est l'heure de rentrer. J'm'en retourne. La bounne nouit !* ».

« *Bonne nuit Marceline et à demain* ».

Et pendant tout le chemin pour se rendre chez elle, elle va répéter en tenant fortement son petit mot :
« *La si gu, la si gu, la si gu...* ».

Aurait-on enfin une piste ?

Le lendemain, Marceline toque à la porte de l'infirmerie de la maison de retraite en début de matinée. Elle attend pendant que sœur pique-fesses finit avec son malade.

Cela augmente l'impatience de la Grenouille, qui trouve d'ailleurs qu'elle met bien du temps pour planter une pauvre seringue de rien du tout dans la fesse de son client !

Enfin ! La porte s'ouvre.

La bonne sœur n'a même pas le temps de dire un mot.

« *Sœur Marie Clémence, j'ai la solution pour l'meurtre du Palud ! De source sûre, ma foè !*».

« *Mazette, rien que ça !* ».

« *Ouaïe !* ».

Elle prend le temps pour que son idée fasse ait un bel impact et que le sujet devienne intéressant pour son amie.

« *L'a été empoisonné à la ...* ».

« *La quoi ?* ».

« *Attendez, j'ai perdu l'nom* » répond notre vieille en fouillant dans sa dorne [84].

Et de son exploration, elle retire le papier écrit par le père curé.

« *T'nez, c'est la cigüe* ».

« *Effectivement, c'est un poison. Comment vous avez trouvé cela ?* ».

---

[84] Dorne = devant de tablier

« *Ben j'ai fait tricoter mes méninges ! An avait parlé toutes deux de poison. Y m'en est allé voir le tchuré. Et il a cherché dans ses liv'* ».

« *Et ?* ».

« *L'a vu dans sa cyclopédie qu'ô l'était possib'. Et pis l'en faut ben peu !* ».

« *C'est effectivement possible. Mais bon faire manger une salade de feuille de cigüe, je ne vois pas comment on peut faire* ».

« *Ben moè, j'ai pensé qu'une tisane ça d'vait ben aller !* ».

« *Mais ça doit être sacrément mauvais comme goût et avant d'avoir fait ingurgité un bol, cela me semble bien compliqué* ».

« *Vous créyez point à ce qu'j'dis ! Bon j'va y penser. An en reparle pus tard. Bonne journaïe* ».

Bien déçu, mais toujours vaillante, la vieille se dit que pour se soulager, rien ne vaut mieux qu'un bon coup de pédales.

Alors retour à la maison puis hop, en selle direction le Port du Bec. Là au moins on va peut-être l'écouter !

À son entrée au bar de la marine, elle arrive au milieu d'une discussion assez animée. Outre les patrons et les deux meilleurs clients, le Ciré et la Chemise, il y a le Fion, le Mac, Monmond Fourneau, et le Palet.

Et c'est à peine s'ils s'interrompent lorsque Marceline salue la compagnie. Elle est bien un peu vexée, mais de suite le sujet de leur conversation l'intéresse.

Il est question d'une opération de soutien à Maryse Retourneau qui souhaite mettre sur pied un comité pour l'aider à faire toute la vérité sur la mort atroce de son mari dépecé et jeté aux 4 coins de la commune et des voisines.

Paupiette arrive pour prendre son service et se glisse à son tour dans l'échange.

C'est Monmond Fourneau qui est à l'origine de cette rencontre. Il a été sollicité par sa voisine Maryse. Ils en ont parlé ensemble. Elle pense qu'un tel comité permettrait que l'on parle de la mort de Jean Pierre dans les journaux. Et puis cela pourrait intéresser un plus grand nombre de bouinais et de belvérins.

Le Palet se montre de suite d'accord.

« *Moi en plus, j'pourrais faire des distributions de tracts ou coller des affiches* ».

« *Moè, j'peux vous aider. Avec mon vélo, y serait vit' fait* » s'empresse d'ajouter la Grenouille.

« *On n'aura peut-être point b'soin de ça, en tous les cas, pas de suite. Mais il nous faut quelqu'un qui contacte les journaux* ».

Le Fion, avec son atelier de mécanique générale, est déjà en soi un lieu de passage et donc peut servir de point d'information. Avec ses connaissances chez les pompiers, il va essayer de voir qui et comment faire participer.

Paulette, notre bonne serveuse Paupiette, se propose de faire une liste des gens à contacter pour décider de ce qui sera fait lors d'une prochaine rencontre. Tout le monde est d'accord.

Ciao en plus suggère à Monmond de tout faire pour que la Maryse participe à cette rencontre suivante. Alors avant de lever le camp, ce dernier valide l'idée et précise qu'il va contacter la saulnière dès le soir même. Il sort avec le Palet, et le Fion, très vite suivi du Mac qui a pris le temps de torcher un petit ballon de blanc avant de partir.

L'Absinthe propose alors aux restants de prendre un petit bout de fion qu'elle a fait la veille, et on pourra tranquillement continuer à discuter de la chose.

Paulette demande alors à ce qu'on l'aide dans sa mission.

« *Bon en terme de journaux, il y a Ouest France* ».

Ciao dit alors que le correspondant à Challans est un certain Gouéric Marian. On trouvera ses coordonnées. De suite le Ciré voit grand :

« *On pourrait inviter TF1 et France 2. Sinon un appel à témoin sur l'émission de la 6* ».

« *Moè je cré ben que le faut d'abord avoère des choses ben de chez nous. Alors la télé, j'suis pas pour* » clame notre Marceline, même si, dans un coin secret de sa tête, elle s'imagine bien un soir installée devant son écran et se voir toute pomponnée interrogée par un journaliste. La Chemise ne veut pas laisser le Ciré dans l'adversité et il ajoute son grain de sel :

« *Moè, j'inviterai les radios. Et pis y'en a deux de la Vendée. Hein, Nov et Alouette, c'est pas rien tout de même !* ».

« *Moè j'aime ben l'journalisse qui fait la météo sur Alouette. J'écoute quêque foè et y m'fait rire* » complète Marceline.

Paulette fait comme si elle n'avait pas entendu :

« *Moi j'irai bien frapper aussi aux journaux locaux. Là on a de quoi faire. Ce sont des hebdomadaires, mais c'est pas très grave, et il vaut mieux échelonner les messages* ».

« *T'as raison Paupiette* » répond de suite l'Absinthe.

Et voilà donc une liste qui prend forme.

Dans les hebdos on a « *Le journal des Sables* », « *Le courrier vendéen* » de Challans et « *Le journal du Yonnais* ».

Pour le quotidien c'est bien entendu « *Ouest France* » et son tirage Challans-Gois. Pourquoi pas « *Presse Océan* », mais on verra cela plus tard.

Et on note pour la suite, « *Alouette* », « *Nov* » et « *France Bleue Vendée* », les radios et plus tard encore pourquoi pas « *M6* », mais pour cela il faudra quand même avoir de sérieux arguments, comme le dit Ciao…

Le lendemain matin, tout le monde apprend que l'on peut retrouver la Maryse le surlendemain en fin d'après-midi. Alors c'est validé et ce sera au Bar de la Marine, voilà tout.

Mais, le Monmond, a oublié qu'il avait mis dans le coup notre Grenouille nationale.

Et plus qu'un batracien c'est d'abord un ageasson [85] de la plus belle espèce ! Dès le matin, c'est l'heure de faire ses courses au fournil du pays. Et bien sûr elle ne peut pas tenir sa langue.

Quand elle aperçoit la Miss venue faire les emplettes de casse-croute pour les collègues partant en opération, Marceline s'en approche.

« *Dites moè, madam' la gendarme. Le savez-vous que la Maryse a va faire ine appel dans les journaux ?* ».

« *C'est quoi cette histoire ?* ».

« *Si, si, comm'j'vous l'dis. Même qu'on va faire v'nir des journaux et pis même des radios. Pus tard ce s'ra la télé !* ».

Alors dans l'heure suivante, le Juteux est informé, il en réfère à son chef. Celui-ci se méfiant de toute initiative locale pouvant torpiller son enquête déjà bien difficile, décide d'en avertir le procureur.

Devant le manque d'avancée du juge d'instruction, le procureur se fait alors un malin plaisir de lui communiquer la nouvelle : une enquête parallèle par les familles et les amis va être enclenchée et va donc remuer son dossier dans tous les sens.

---

[85] Ageasson = pie

Alors ce brave petit juge s'énerve, fort de son droit et surtout n'admettant pas qu'on puisse imaginer trouver ce qu'il ne trouve pas.

Il commence par jurer tout ce qu'il connait du répertoire de grossièretés. Sa greffière encore aujourd'hui en a les tympans malmenés !

C'est sur elle que la colère retombe bien entendu. Il lui faut chercher dare-dare les coordonnées du saulnier Fourneau.

Et juste avant midi, le téléphone sonne chez le voisin du Palud. Et de suite le ton est sec, cassant !

« *Allo ! Ici c'est le juge d'instruction Poidevin. J'apprends que vous voulez faire une contre-enquête. Mais qui vous a donné l'autorisation de venir foutre par terre ce que l'on a tant de mal à échafauder ?* ».

« *Tout d'abord, bonjour avec mes respects M'sieur le juge. Je ne comprends pas ce qui vous autorise à dire cela. Vous parlez de quoi ?* » répond-il de manière à un peu calmer le ton.

« *Ben de la petite bande d'ignorants que vous poussez à chercher de nouvelles pistes sur la mort du saulnier retrouvé découpé en morceaux dans la baie, et je crains que cela ne soit pour brouiller mes pistes et faire disparaitre mes indices* ».

« *D'abord, je ne vous permets pas de traiter mes amis d'ignorants. Par ailleurs, sachez que nous n'avons rien lancé du tout. Ensuite si vous faisiez votre travail on aurait avancé depuis le temps que le dossier est sur votre bureau, car quand vous parlez de VOS pistes vous nous faites rigoler* ».

« *Arg...* ».

« *Pas la peine de m'interrompre en toussant, je vous dis que vos propos sont simplement inacceptables et je vais même en glisser deux mots non seulement à la gendarmerie* locale mais tout autant au procureur. *Sur ce, bien le bonjour et je vous invite le plus fermement du monde à ne plus m'importuner !* » et crac il raccroche.

Eh bien, le Monmond il est mouvais [86] comme on dit, il est drôlement colère, et quand il est colère, on le sait ! Il va faire ce qu'il dit. Il appelle le bureau du procureur et laisse un message tout en nuance :

« *Vous direz à Monsieur le Procureur Muzilleau, que je viens d'être insulté par le juge Poidevin, car nous cherchions à apporter notre aide à l'enquête sur la mort de Retourneau et que cela l'empêcherait de faire son travail* ».

Et toujours colère sur les bords, il termine :

« *Je voudrais d'ailleurs m'entretenir de cela avec le Procureur. Merci de me rappeler au... *».

Il appelle la brigade de gendarmerie. Il a aussitôt le militaire de garde, Colbert. Quelques mots de courtoisie, quelques banalités classiques sur le vent et la mer. Puis il lui fait part de l'entretien fort déplacé suite à l'appel du juge. Il demande alors à parler à l'adjudant. Très vite ce dernier se dit qu'il va falloir de la diplomatie, car l'affaire pourrait bien tourner en eau de boudin !

Il demande un peu d'attente de la part de son interlocuteur et s'en va toquer à la porte du chef. Il explique au major Dubout le situation telle qu'il la sent. De la discussion entre les deux gendarmes, il ressort qu'il faut proposer à Monmond de venir à la brigade au plus vite. Ils sont d'accord pour lui proposer, le lendemain matin.

Monmond se dit que cela tombera bien, juste avant la réunion avec Maryse et les autres au bar de la Marine.

« *À demain 9 heures alors !* » au moment de saluer le Juteux qui lui a fait part de leur proposition.

Et les choses vont s'enchainer.

---

[86] Mouvais = mauvais

Le lendemain à 9 heures, Monmond entre à la gendarmerie. Il est reçu par le major et l'adjudant. Il fait le compte rendu de l'entretien téléphonique orageux qu'il a eu avec Poidevin.

Et il ajoute à ce moment-là :

« *Puis, je ne comprends pas. Comment le juge peut imaginer une contre-enquête de notre part. D'où est-ce qu'il tient cette information erronée ?* ».

« *Surement du procureur Muzilleau* ».

« *Et comment ?* ».

« *Bien, en fait, il faut vous dire que c'est moi qui ai téléphoné au proc. Nous avons été alerté hier matin sur une opération en cours avec vous quant à l'enquête sur la mort de Jean Pierre Retourneau* » glisse sur la pointe des pieds le major …

« *Et qui vous a raconté des sornettes ?* »

« *Quelqu'un qui participe à vos réunions* ».

Et là, le bon Monmond comprend.

La Grenouille a été cafter ! Satanée Marceline tout de même !

« *Messieurs, d'abord nous ne voulons en aucun cas nuire à l'enquête. Permettez que je vous explique* ».

« *Maryse est venue me voir pour me demander de l'aide. Elle cherche à recueillir d'autres témoignages, en jouant sur la corde sensible des gens et pas dans le cadre d'une enquête policière qui va brusquer le monde* ».

« *Et si on n'avance pas sur ce dossier, c'est bien parce qu'il y a pas d'indices ouvrant une piste réelle* ».

Les militaires font un signe de la tête montrant un certain accord avec le propos.

« *Nous avons fait une réunion avant-hier au bar de la marine. Je vous donnerais les noms des présents, dont celui de votre indic* » ajoute-t-il en souriant.

« *Nous en sommes à examiner ce que nous pourrions faire, en sachant que nous visons un communiqué de presse avec un appel à témoin de Maryse* ».

« *Nous n'avons pas encore décidé des médias, mais ce qui est certain, c'est que nous allions faire une demande d'aide dans notre démarche, non seulement à vous messieurs, mais aussi au procureur Muzilleau* ».

« *Personnellement je me suis dit que nous pourrions non pas remuer les éléments de l'enquête que vous avez pu établir, mais élargir avec des questions innovantes sur notre affaire* ».

« *Comment ?* ».

« *Il y a mort violente. Qui a pu croiser Jean Pierre dans les deux ou trois jours avant la date estimée de sa disparition et qui n'est pas de Beauvoir ou Bouin ? Pour cela il faut questionner sur une grande région que notre commune* ».

« *C'est vrai !* ».

« *A-t-il consulté un médecin dans les semaines précédentes et si oui, quand et pour quoi ? Maryse nous a dit que son mari était patraque tous ces temps-ci ? Avait-il un souci caché ?* ».

« *Ah, c'est curieux car madame Retourneau ne nous a pas fait mention d'un problème de santé de son mari* ».

« *Bouleversée comme elle a été, vos questions sont surement arrivées au mauvais moment. Elle n'y a pas pensé* ».

« *Et on peut aller plus loin. Avait-il des relations douteuses cachées ? Sa fatigue pouvait-elle être liée à de la drogue par exemple ? Sa femme n'a jamais rien remarqué mais sait-on jamais...* ».

« *Et vous attendez quoi de nous ?* ».

« *Bien simplement que nous fassions la réunion avec la presse ensemble. On pourrait aussi demander à Monsieur Muzilleau de venir faire un point sur l'enquête avec vous ce qui irait dans le bon sens pour les amis et la famille, bien entendu dans ce qui peut être mis sur la place publique* ».

« *Monsieur Fourneau, je crois que nous avons bien compris votre démarche* » dit-alors le major, qui ajoute :

« *Nous allons en parler ici entre nous, on fera un point avec le procureur, en essayant de laisser de côté le juge mais ce n'est pas assuré car c'est un jeune qui, comme on dit dans nos campagnes, le veut péter plus haut qu'son tchu [87] !* »

« *On vous tient au courant rapidement. Je vous appellerai personnellement* ».

Le Juteux complète :

« *Vous êtes notre seul interlocuteur sur cette affaire. Dites-nous quelle est votre prochaine étape ?* »

« *Ce soir une réunion avec les mêmes et avec Maryse pour savoir ce qu'elle compte dire, sur le choix des médias, et sur la démarche générale auprès de la gendarmerie et de la justice* ».

« *Parfait. Vous nous tenez au courant* ».

Le soir même la réunion permet à tous de connaitre la démarche entreprise par la gendarmerie, Muzilleau et Poidevin.

L'inventaire des médias est validé. Paupiette appellera les journaux de Challans et des Sables, L'Absinthe se chargera de celui de La Roche, Monmond appellera le correspondant de Ouest France.

Il apparait nécessaire de demander un avis aux enquêteurs pour ce qui concerne les radios. La télé c'est bien entendu totalement inadapté et de toutes manières prématuré.

---

[87] Tchu = cul

Monmond va faire part de son sentiment et esquisse sa vision de la chose.

« *Il est souhaitable d'avoir la présence des gendarmes et du procureur* ».

« *Il faudra le rappel des faits et le point global de la situation de l'enquête* ».

« *On laissera alors Maryse faire son appel pour cibler les personnes qu'il a rencontrées les jours précédents, savoir s'il a consulté un médecin, qui l'a rencontré dans un endroit inhabituel, non pas que sur Bouin et Beauvoir, mais en couvrant une zone allant de Nantes à La Roche et de Noirmoutier à Challans* ».

« *Il faudra ouvrir une séance de questions sûrement la majorité adressée aux enquêteurs* ».

« *D'ici là on préparera l'intervention de Maryse tous ensemble pour avoir bien balisé la chose* ».

Tout le monde donne son avis, favorable dans tous les cas. Les commentaires sont superflus.

Maryse est spécifiquement interrogée pour que l'on soit certain de bien caler avec sa demande. Elle valide, en insistant sur l'effet bénéfique qu'aurait la présence du procureur Muzilleau. Mais elle met les pieds dans le plat en fin de réunion :

« *Mais dis-moi Monmond, comment se fait-il que les gendarmes, le proc et le juge soient au courant de votre discussion d'il y a deux jours ?* ».

Monmond regarde, sourire aux lèvres notre Grenouille. Et là, notre Marceline se sent d'un seul coup très gênée :

« *Ô l'est moè qu'en a parlé à la Miss* ».

Et les yeux baissés comme une gamine prise en faute :

« *J'recommencerais pus !* » déclenchant une bordée de rires, car tous sont bien persuadés qu'elle fera le contraire de ce qu'elle dit, car quand même, on la connait notre pie du village !

« *Si la conférence de presse ne se fait pas, ce sera de vot' faute m'dame Surimeau. Et j'vous en voudrais de n'point savoère tenir vot'langue bon diou !* ».

On calme le jeu, on se fait une petite lampée avant de partir. La fine équipe va regagner ses pénates après que Monmond ait annoncé qu'il informera les gendarmes dès le lendemain et formulera une demande écrite reprenant ce qui est dit ici.

Ce qu'il fait.

Puis il attend le retour.

Et ce retour tarde. C'est sûrement la présence du proc et du juge qui sont en discussion… Et si ce n'est la présence, cela peut aussi être la non présence !

Tout le monde est impatient de connaître la décision. Au moins trois fois par jour, Monmond est interpellé par l'un ou l'autre afin de savoir si on est arrivé à une validation du projet ou non. Mais dans leur for intérieur, chacun n'imagine même pas que la réunion avec la presse ne puisse pas avoir lieu. On a besoin de savoir.

Et devant l'obscurité tombée sur les dossier du juge, il faut agir !

En avant toute pour cette démarche citoyenne !

Car quand même, peut-on penser à une action de la justice qui entraverait la recherche de la vérité ?

Que diable, on n'est pas dans une république bananière ici !

Au bout d'une semaine, la réponse arrive enfin. Elle dépasse toutes les suppositions les plus secrètes que l'un ou l'autre ont pu échafauder… Le procureur a décidé de s'engager fortement dans l'affaire.

Il y aura une réunion presse.

Elle sera animée et sous la présidence du procureur Muzilleau. Il sera accompagné du major de la gendarmerie. On fera en sorte que le juge Poidevin soit informé du contenu des échanges, mais à ce stade sa présence ne s'avère pas indispensable. Il se tiendra au courant et prêt à intervenir dans une réunion suivante si toutefois cela s'avérait utile.

Pour un meilleur poids vis-à-vis de la presse, c'est le bureau du procureur qui convoquera.

Il fournira sous huitaine la date retenue.

Les médias pressentis par le comité seront convoqués, mais d'autres également en accord avec le procureur.

La mairesse de Bouin, la dame Archambault a été informée et sa présence a été demandée, ce qui permettrait de faire la réunion dans la salle du conseil de sa mairie. Ouah !

C'est une aubaine que l'affaire prenne cette tournure.

Et quand Monmond informe Marceline, la vieille se rebiffe :

« Eh ben ! Heureusement que j'a berdassé [88] *comme tu disais ! Hein sans moè, t'aurais rin du toute ! »*

---

[88] Berdassé, berdasser (prononcer beurdasser) = trop parlé, trop parler

Un drôle de zigoto

Nous y sommes au jour tant attendu.

Une espèce de tribune a été organisée face à la presse.

Monmond fidèle à lui-même a fait un double effort le matin en taillant sa moustache et surtout en ne posant pas son éternel béret sur son caillou dégarni.

Maryse a cherché dans sa garde-robe et est toute de noire vêtue, chemisier avec un col Claudine, une légère dentelle sur la tête mais ne masquant pas ses boucles brunes,

Madame Archambault dite Bourbon la mairesse qui jusqu'au dernier moment se demandait si elle devait arborer son écharpe tricolore, a sorti son tailleur qu'elle revêt normalement chaque année aux vœux à la population.

Le procureur Muzilleau relax, petites lunettes sur le nez, costume et chemise classiques, déguste le moment, tout émoustillé car ce sera lui le centre des débats, il en est certain.

Le Major Dubout et l'adjudant Coupereau, tous deux superbes, ont revêtu leur grande tenue avec les barrettes de décorations, chacun installé avec un classeur de notes sous le nez.

Aux premiers rangs on a la presse qui a bien répondu à la sollicitation et qui a reçu à l'entrée un dossier retraçant en quelques mots le contexte de la rencontre, l'objectif recherché et un rappel des évènements.

Il faut dire qu'une rencontre vers 10 heures le matin c'est impeccable. Les journalistes ont le temps de faire un communiqué ou un article avant la parution ou l'heure du journal et des faits divers.

Tous les supports sont là.

Il y a Presse Océan permettant de couvrir Nantes et Saint Nazaire, et un représentant du Figaro-Nantes dédié aux informations locales. Ouest France a même dépêché en plus de son chargé des faits divers un de ses photographes. Pour les radios, il y a Nov, Alouette, mais aussi « *Ici Loire Océan* ».

Derrière les journalistes, on trouve l'Absinthe qui a servi de chauffeur à Marceline, Albert Petit, le Fion et Luc Poulet à savoir le Palet.

Les autres sont tous au bar de la Marine et attendent le coup de fil de la patronne qui leur donnera un premier résumé.

Et puis là au moins on peut prendre un verre tranquille avec les copains, voire plus si ça s'éternise ! Badame, on ne risque pas la déshydratation ! Alors on discute, on blague comme à l'accoutumée. Le Ciré se lance en premier, également comme d'habitude :

« *Dites donc, vous savez qui est l'inventeur du baise-main ?* ».

La question totalement décalée alors qu'on attend des nouvelles de la conférence de presse ne suscite pas de réponse, mais ils attendent tous la chute :

« *L'inventeur du baise-main c'est le couteau à huitres !* ».

Celle-là on peut la classer dans les inédites du Ciré !

La Chemise glisse une remarque personnelle qui va comme toujours révéler son âme de poète et faire sourire tout le monde :

« *J'adore les huitres. Avec elles, on a l'impression d'embrasser la mer sur la bouche !* ».

Retour sur place à la sortie de la mairie de Bouin.

On peut dire que les objectifs des enquêteurs et de la justice ont été parfaitement atteints, de même pour les amis de Maryse, qui reste sur la réserve quand elle sort de la salle et se dirige très vite vers sa voiture.

Et le lendemain, on attend avec impatience l'ouverture du tabac journaux. Tous font la même démarche : acheter le journal pour savoir comment la chose est relatée et surtout si on parle d'eux et si des photos ont été imprimées.

Ouest France a fait un très bon papier en pages locales et il y a une photo de la tribune et une photo en gros plan de Maryse éplorée durant son appel à témoin. Le texte est bien tourné, il est net et correspond bien à ce que notre comité attendait.

Et dans l'après-midi, un autre lecteur du journal s'intéresse beaucoup à l'article.

Et oui, il s'agit de la Lentille, le paparazzi !

Car il vient de reconnaître la dame des dunes. Elle est bien et sérieusement habillée sur la photo, bien moins débraillée qu'à la Parée Preneau, mais c'est elle.

Il sort ses clichés pour en être certain. Oui ! Sa belle brune les seins à l'air et la chevelure bouclée, c'est bien la même que celle du journal, col haut fermé, mantille sur la tête et tout de noir vêtue… C'est Maryse Retourneau qui se faisait culbuter dans le sable. Et il prend conscience que manifestement c'était une rencontre organisée.

Ce n'était pas la veuve noyée par le chagrin qui est décrite dans l'article. Non, non, lui il a vu et photographié une nana avec le feu au derrière et ailleurs, ne semblant guère avoir du chagrin avec la mort tragique de son conjoint.

Alors si la Lentille connait le nom de la belle des dunes, qui peut être son culbuteur roucouleur ?

Mais vu cette grande différence de tenue et surtout une attitude sans commune mesure de la dame entre les dunes et la conférence de presse, d'un seul coup notre ami Cédric Gourdon se dit qu'il faut peut-être faire plus attention.

Le paparazzi involontaire se dit qu'il vient de mettre le pied sur un terrain instable, voire même dangereux. Aussitôt, il commence à être gêné par son opération de voyeur.

Où est-ce que cela peut le mener ? Il se dit de suite qu'il faut faire deux choses : mettre en lieu sûr les clichés et demander un avis à quelqu'un de toute confiance.

Alors, il range puis se demande quel ami il va pouvoir contacter. Dans un premier temps, aucun nom lui vient à l'esprit. Il se dit qu'il va aller voir son père, un retraité tranquille, toujours plein de bon sens, les pieds sur terre.

Il lui passe un coup de fil et ils sont d'accord pour prendre l'apéro le soir même chez le papa. Et après avoir pris en main son verre de pastis, il raconte son affaire et fait part de ses préoccupations.

Il est tellement certain d'avoir vu la même personne et en même temps deux femmes si différentes que le doute s'est insinué dans son esprit.

« *Je me dis, papa, que cette femme joue un drôle de jeu. Car en quelques jours elle passe de la gaudriole avec un gazier dans les dunes à une conférence de presse où elle explique qu'elle est totalement effondrée et qu'elle ne peut plus vivre sans savoir qui et pourquoi on a tué sauvagement son mari, son amour, celui qui la rendait si heureuse* ».

« *D'après ce que tu dis, on peut fort bien imaginer la fille jouant double jeu. Mais elle a surement une autre idée en tête : du style assurance décès à toucher ou un truc pareil* ».

« *Oui pourquoi pas* ».

« *Et si c'est elle que l'on voulait piéger ? Les membres des comités de soutien, me font toujours rire. Le nombre de fois où les soc-cul et intellectuels de tous bords ont défendu des cas indéfendables ».*

« Je me souviens de la mère Yourcenar qui défendait et se disait amoureuse d'un multi récidiviste violeur de petites filles pendant 30 ans et elle clamait son innocence dans les médias avant que le type, libre, ne recommence ».

« Mais moi je me dis que les gendarmes et le procureur n'ont pas accepté cette opération sans être certains de la bonne foi de madame seins à l'air ! Ou alors, tu as raison c'est un piège. Je me demande si je dois aller à la gendarmerie. ».

« Mon garçon si c'est ton intime conviction qu'elle a des choses à cacher, va voir les gendarmes ».

Il hésite et son père lui ajoute :

« Si tu as besoin d'assurer ta démarche, je pense que tu peux en parler au préalable à ton frère. Passes lui un coup de fil et voit si tu peux faire un saut chez lui à Nantes ».

« Oui je vais le faire, car pour l'instant je me vois guère pousser la porte de la gendarmerie et annoncer ma conviction que la fille est une tordue... Et puis ça peut m'attirer des ennuis ».

Deux jours plus tard, lors de la rencontre avec son grand frère, il arrive à la conclusion que c'est peut-être une erreur mais qu'il faut aller en parler aux gendarmes.

Après moult tergiversations, il se décide.

Il passe à la gendarmerie de Saint Jean de Monts et non à celle de Saint Hilaire pour de son côté garder un peu de sécurité au cas où l'on lui chercherait des poux quant à ses photos de voyeurs. Le gendarme de garde le fait patienter.

La Lentille est reçu une petite demie heure plus tard par le maréchal des logis chef Horrot, le Jean Philippe que tout le monde appelle Phiphi. Ce dernier note et enregistre. Il informe Cédric qu'il va conserver les photographies prises dans les dunes. Notre Lentille signe sa déposition et peut regagner ses pénates à la fois soulagé et inquiet de la suite.

Dans les heures qui suivent, la machine s'emballe.

La hiérarchie de Phiphi appelle le major Dubout.

Ils échangent longuement. Car il y a de quoi alimenter le dossier du Palud ma foi !

Bien vite les militaires ont donné un nom au roucouleur des dunes qu'ils connaissent bien. C'est pêcheur à Croix de Vie. Il est capitaine du « Flots vigoureux » et il est surnommé Sardine.

Il est déjà surveillé. Il est suivi pour différentes raisons, mais les enquêtes piétinent : il est soupçonné de trafiquer de la drogue et des cigarettes et d'utiliser son bateau pour le transport. On le piste et on attend un flagrant délit.

Par ailleurs, il a déjà été impliqué dans une affaire de détournement. Jamais on a pu le confondre quand on cherchait qui ponctionnait dans les caisses de la coopérative de pêche locale. Et on sait à Saint Jean de Monts qu'il rencontre régulièrement une femme qui habite du côté de Beauvoir ou Bouin.

Le photographe a identifié cette dame. Il s'agit de la femme du mort et dépecé, le saulnier Retourneau ! Diable c'est la Retournée !

Les choses s'emballent. Le major annonce qu'il propose de convoquer la Lentille et aussi le roucouleur maintenant identifié.

Les gendarmes de Saint Jean sont d'accord. Ils vont transmettre le dossier à Bouin et seront prêts à intervenir si on leur demande. Les feux verts sont obtenus du côté du juge et du procureur.

Le pêcheur est convoqué par un courrier dans sa boite aux lettres à la brigade de Bouin pour affaire le concernant ! L'ami Pouvreau, le Michel qui se fait appeler Sardine, en a vu d'autres et cela ne l'inquiète pas. Sur place, il est de suite interrogé sur sa relation avec une dame de Bouin. Colbert et le Juteux sont à la manœuvre. Il hésite, se montre imprécis.

« *Oui je la connais, mais dites donc qui ne la connait pas la belle brune ? Hein demandez donc sur le marché de Beauvoir ? Mais bon, tous ceux qui la connaissent ne couchent pas avec tout de même !* ».

Le juteux ouvre son dossier et sort un des clichés pris dans les dunes.

« *Et ça ?* ».

Après un moment de retrait, Sardine reprend son assurance :

« *Ah c'est d'elle dont vous parlez ? J'avais pas compris !* ».

« *Bien sûr que vous aviez compris car c'est vous le premier qui nous parlez du marché de Beauvoir. Passons à autre chose. Que faisiez-vous ... ?* ».

Il énumère les dates des destructions de parcs, de la date approximative de décès du Palud, de la date de l'incendie dans lequel on va trouver des ossements...

Le pêcheur ne peut fournir d'alibi pour le jour de la disparition ni pour l'incendie et la destruction des parcs, car il soutient qu'était en mer ce jour-là...

Il est passé pendant de longs instants sur le grill, mais on ne peut rien retenir contre lui.

Un point est fait avec le procureur. On poursuit dans les deux gendarmeries les investigations et le suivi. Muzilleau se charge d'informer le juge Poidevin.

Le bonhomme est renvoyé chez lui. Par contre le juge dans la foulée demande à ce que l'enquête reprenne du côté de la dame et qu'elle soit à nouveau auditionnée.

Madame est interrogée une fois de plus... Rien n'y fait.

Elle admet tout au plus avoir rencontré l'homme des photos subrepticement lors d'une balade d'oxygénation dans les dunes. Il était charmant. Elle était affaibli par les évènements et avait besoin de réconfort.

Alors ce fut un évènement sans lendemain...

Les gendarmes à ce moment-là ont franchi le premier pas. Elle admet sans admettre, mais elle est bien l'amante du pêcheur, du moins une fois tout simplement.

On la laisse garder sa salive et regagner sa saline en attendant une nouvelle rencontre...

Le major, à la demande du juge, lance une opération de recueil d'informations concernant Sardine.

Il missionne la Miss et la Moule afin de recueillir tout ce que l'on peut trouver sur le gars auprès des habitants de Bouin.

Et le meilleur début reste un bonjour au gars Manu au Bar de la Marine dès la matinée. Il suffit simplement qu'ils prononcent le nom pour que le bistrot se mette dans tous ses émois !

Pensez-donc ! On le connait le zigoto en question.

« *On le surnomme Sardine. Mais pas que !* » déclare de suite Ciao.

« *Mais pour vous éclaircir la voix, voulez-vous un café, un soda, un jus de fruits ? Hein, c'est offert par la maison !* ».

« *Volontiers un jus de fruits* » demande la Miss.

« *Un soda pour moi, merci* » ajoute la Moule.

Ciao leur propose de prendre place à une table, et compte tenu du fait qu'il n'y a personne d'autre, il vient les servir puis s'installer avec eux avec un verre d'eau.

« *Alors dites-moi pourquoi Sardine mais pas que ?* » interroge Bavoir.

« *On voit que vous connaissez pas bien le gars. D'abord Sardine, c'est parce qu'il est pêcheur de sardines. Mais not' gars y fait plein d'aut' choses* ».

« *Quoi par exemple ?* ».

« *Ensuite il traficote un peu partout. Il était venu me voir pour me racheter les ferrailles qui restaient de la construction de mon hangar à L'Époids. Y sait pus quelle date* ».

Il semble chercher dans sa mémoire, puis abandonne la recherche pour continuer son propos.

« *On avait été voir. Il avait demandé un délai pour faire une offre* ».

« *Et ?* » demande la Miss impatiente.

« *Ben vous devriez retrouver ça dans vos archives. Pasque quand il était venu pour faire une offre, les ferrailles avaient disparu. J'ai porté plainte. J'ai indiqué mes soupçons à vos collègues. Et pis, y c'est rien passé !* ».

« *Rien ?* ».

« *Non et à partir de là on lui a donné un autre surnom dans le pays : Ferraille ! J'suis pas le seul qu'a vu des choses disparaitre des hangars* ».

« *Qui donc alors ?* ».

« *J'en connais trois autres : le Palud, le Vasou, le Palet, drôle de coïncidence pour deux sur trois vous ne trouvez point ?* ».

« *Et puis ?* ».

Ils sont alors interrompus par la Chemise qui vient prendre son biberon de sauvignon du matin.

Ciao l'apostrophe.

« *Sais-tu ce qu'ils cherchent ces messieurs-dames. Qu'on leur parle de Sardine !* ».

« *Le père la magouille* » dit-il aussitôt, puis ajoute :

« *Êtes-vous au courant de ce qu'il fait avec sa société de Saint Urbain ? En fait, cette boîte ne lui appartient pas. Elle est déclaré au nom de son frère, son cadet Dominique. Par cont', ce que je sais, c'est qu'on peut y trouver tout plein de choses et que le frère n'y vient jamais* » finit-il en clignant de l'œil.

« *On peut savoir ?* ».

« *Allez donc regarder ça de plus près. C'est la société TPC. J'sais même pas ce que cela signifie. Mais nous ici on l'appelle Tout Pour Couillonner !* ».

Ciao, pour conclure, suggère :

« *Regardez donc si c'est bien Dominique qui signe les documents. Et regardez donc la liste officielle des associés dans la boite en question. Y aurait-il pas Dominique, Michel notre Sardine, et je mets ma tête sur le billot qu'vous trouverez aussi Albert* ».

« *Peut-être. Qu'est-ce que cela aurait d'étonnant ?* ».

« *Ben j'connais point de Pouvreau Albert, mais j'connais bien Pouvreau Michel Albert... J'vous en dis pas plus !* ».

Alors là, pour une information c'est une sacrée belle surprise si cela s'avère exact.

À la remontée dans la voiture, la Moule consulte ses notes puis il appelle la brigade.

Et très vite on lui confirme que Sardine est bien déclarée Pouvreau Michel Albert à l'État Civil !

Les gendarmes vont poursuivre leurs questions dans le port auprès du Mac.

« *Un gars pas recommandab' moi j'dis !* ».

Chez Nina, on note nettement plus de réserve :

« *On dit que c'est pas un type bien, mais moi j'peux rien dire là-dessus* ».

Dans le village à l'épicerie, il n'y a pas de commentaire.

De même à la boulangerie. Non ce gars-là on ne sait rien de particulier sur lui. Même Marceline ne peut rien dire.

Alors là, les gendarmes se disent que le type doit être drôlement secret pour que Marceline ne sache rien !

Le soir même à la brigade on essaie de mettre en perspective toutes les informations que l'on a en main. On se dit que les deux amants doivent se tenir à carreau. Ils sont suffisamment costauds pour ne pas faire d'impair, en tous les cas pas en ce moment.

Alors il faut accentuer simplement la pression.

Le maillon faible semble quand même être la Maryse. Alors on va mettre sur pieds un stratagème qui devrait la pousser à se découvrir. Pour cela, en accord avec la magistrature, il est décidé de passer chaque jour à Bertomiaux.

Pas toujours à la même heure. Il s'agit d'avoir à chaque fois une question à poser, un objet à rechercher…

Et ce seront des questions sur l'existence de bidons d'essence dans la saline, d'arsenic pour l'éradication des ragondins.

On voudra savoir si Jean Pierre avait une montre, et dans ce cas s'il l'a emmenée avec lui.

On la questionnera afin de savoir si monsieur Pouvreau est aussi client de la saline.

On ira même jusqu'à l'interroger pour connaitre les habitudes alimentaires de Maryse et si elle consomme souvent du poisson…

En un mot plein de questions sur des détails ou encore sans objet réel car l'information est connue, enregistrée et vérifiée ! Au bout de 8 passages, c'est la Miss et Colbert qui vont déclencher la suite des évènements.

Ce jour-là avec le major a été décidé de poser une question clé :

« *Dites-nous madame Retourneau, on a encore besoin d'une information pour notre dossier* ».

« *Quoi ?* » demande-elle sans être particulièrement sur ses gardes, mais carrément lasse d'être embêtée à tout bout de champ.

« *Connaissez-vous Pouvreau Albert ? Et pouvez-vous nous en dire quelque chose ?* ».

C'est le blocage.

La saulnière, se fige.

On dirait qu'elle vient de prendre un direct dans le plexus.

Elle est là, bouche ouverte, yeux arrondis. Les yeux sont noirs, elle se fige dans une moue, puis esquisse une belle grimace, un peu comme du dégout devant un plat amer, et elle ne répond pas.

« *Oui vous en dites quoi ?* » insiste Colbert.

« *J'en dis rien. J'connais pas ce bonhomme, voilà tout ?* ».

« *Vous êtes sûre ?* ».

« *Il faut que le dise combien de fois ?* ».

« *Et savez-vous que ce monsieur est suspecté de malversations, de délits ?* ».

« *Mais bon sang, puisque j'vous dit qu'je le connais point* ».

Colbert sourit ouvertement, la Miss acquiesce en secouant plusieurs fois la tête de bas en haut…

Et si la séquence se termine là pour les militaires certains d'avoir touché l'adversaire, pour la Maryse, c'est le branle-bas de combat.

Car elle a bien compris que les choses commençaient à mal tourner non seulement pour elle mais aussi pour son galant.

Elle sort de chez elle et fonce vers Saint Gilles. Entre temps elle a téléphoné et les deux amants se retrouvent dans les dunes de la Parée Preneau.

Lui de suite constate l'état de la femme et se dit qu'il va falloir allumer des contre feux.

Et la meilleure défense est l'attaque.

Alors il se présente dès le lendemain midi à la gendarmerie de Bouin. Sentant le piège se refermer sur lui, il demande à être entendu par les gendarmes. D'entrée il refuse de se faire assister de son avocat.

Et il balance ! Il est professionnel dans son activité et son entreprise de pêche est florissante. Aller se mettre dans un guêpier avec des morts, des vols et des incendies ce serait une erreur de débutant… Et sous-entendu, lui n'est pas un débutant ! Quand on le questionne sur la société TPC, sa position est claire.

« *C'est la boite de mon frère* ».

« *Quels sont les associés ?* ».

« *Mon frère, un lointain cousin et moi* ».

« *Ce lointain cousin, qui c'est ?* ».

« *Un cousin issu de germain, éloigné donc et avec qui moi j'entretiens aucune relation* ».

« *Votre maitresse Maryse Retourneau, elle connait l'activité réelle de cette société ?* ».

« *Ben faut lui demander. Moi j'en sais rien* ».

« *Parlez-nous de votre maîtresse ?* ».

« *Mais j'l'ai déjà fait l'aut'jour !* ».

« *Recommencez* ».

Alors il reprend l'histoire.

Quand ils se sont rencontrés ce fut par hasard.

Sur les parkings du front de mer de Saint Jean de Monts, en reculant de son stationnement, elle n'avait pas pris toutes les précautions. Lui passait en voiture à ce moment-là et son véhicule fut légèrement endommagé dans la manœuvre.

Le constat amiable permit de commencer une discussion. L'affaire n'était pas dramatique et il demanda si elle accepterait qu'ils boivent un pot ensemble.

Ce jour-là, il eut l'impression qu'elle avait envie de se confier. Plus tard il s'interrogera, mais bien trop tard, pour savoir si cela n'était pas une machination …

Et un pot suivant le premier pot, la voilà qui lui fait part de son mal être. Jamais elle n'avait imaginé que dès son mariage son mari ne voudrait plus sortir, et elle qui rêvait de sorties, balades en ville, lèche vitrines, dancings et autres divertissements, elle n'eut dès lors que les tas de sels comme amusement.

Et elle avoue de suite avoir pris un amant.

Oui mais bis repetita, quand elle a commencé à parler de se mettre ensemble et elle de divorcer de Jean Pierre, la musique va changer. Pour s'envoyer en l'air c'est parfait. Mais pour faire un foyer et sortir au restaurant le week-end, il n'en était pas question. Le boulot, toujours le boulot ! Les huitres, d'abord les huitres !

Et puis son amant s'est mis à être de plus en plus exigeant. Voire violent quand elle lui reparlait mariage ou vie de couple.

Son mari après la douceur des premiers temps du mariage va devenir acariâtre, dur cassant…

Et voilà notre Maryse qui se confie au premier venu, qui plus est au conducteur adverse dans une collision où elle est totalement responsable.

Elle lui assène brutalement son désir : faire table rase de son couple, couper les ponts avec son premier amant et fuir la saline pour s'installer en ville et commencer une nouvelle vie plus agréable.

« *Oui, on se voit régulièrement depuis* » avoue-t-il.

Ils se sont fréquentés, toujours en cachette mais il était prêt à engager une vie commune. Il continue à expliquer.

Soit quand il fait beau, on va faire des galipettes dans la campagne, principalement dans le sable des dunes, soit en cas de mauvais temps ou de froid on va faire un tour en ville.

Mais on veut absolument être les plus discrets possible. Alors il faut changer à chaque fois d'hôtel pour ne pas attirer l'attention, et non seulement d'établissement mais tout autant de commune. On passe de l'estacade de Fromentines à Saint Jean de Monts, du port de Pornic à la gare de Challans, du cocon près d'Aizenay à un établissement en fin de vie au centre de Beauvoir avec un patron peu regardant...

Oui un passage rapide, on fait vite fait nos affaires et on ne revient pas sur place...

Mais la dame hésite encore et la mort de son mari n'a pas résolu la chose.

Quand on lui demande s'il est au courant de l'existence d'une assurance décès sur la tête du mari, Jean Pierre, il avoue du bout des lèvres avoir compris cela dans ce que lui disait Maryse. Et peut-être même, est-ce la raison de son attentisme quant à leur vie ensemble ?

Mais pour ce qui est des disparitions, alors bien entendu il tombe de haut car que l'on puisse soupçonner et Maryse et lui, cela n'a pas de sens !

Un gars honnête comme lui, une fille sérieuse comme elle !

Quelle ineptie !

Les gendarmes contactent le juge.

Poidevin, certain de tenir un coupable indique qu'il faut poursuivre les interrogatoires en lui spécifiant sa mise en examen. C'est le juteux qui a la charge de reprendre.

« *Vous ne trouvez pas que tout cela fait un ensemble de choses pas claires, voire même nous donnent une petite idée sur ce qui s'est passé* ».

« *À compter de maintenant vous êtes en garde à vue afin que nous élucidions les meurtres de Retourneau et Le Moal ainsi que des dégradations et incendies commis çà et là* ».

« *Voulez-vous appeler votre avocat* ».

Il s'offusque, il crie son honnêteté, son innocence.

Il postillonne, il se lève et l'on est obligé de le forcer à se rassoir.

Il hurle et se débat.

Deux gendarmes ne sont pas de trop pour le bloquer sur sa chaise !

Il essaie de frapper d'un coup de pied ce qui est à sa portée.

C'est tout juste s'il n'arrive pas à planter ses dents dans la manche de l'adjudant qui a toutes les peines du monde avec son collègue à maîtriser notre énergumène.

Rien n'y fait. Et l'autre de s'époumonner !

« *J'me plaindrais en haut lieu. J'vous f'rai casser !* ».

« *SS de la pire espèce ! Vous verrez ! J'vous la pêterai vot'gueule !* ».

Et le juteux, avec une voix à la fois douce et ferme, de lui glisser :

« *Injures à des représentants de la force publique... Cela va bien vous faire quelques années de plus au placard mon gars !* ».

On a l'impression que le retors prend conscience qu'il aggrave nettement son cas. Il comprend que cela ne sert à rien.

Au bout d'un bon moment de violence, il commence à baisser pavillon. Il accepte pour l'avocat et se résigne pour le moment.

L'avocat est appelé.

Et en attendant la suite, le gars Michel est mis au frais.

Tout droit en prison

Les gendarmes ont décidé d'entrer dans le vif du sujet. On ne prend plus de gants, on y va bille en tête.

Ils se présentent à la saline de Bertomiaux.

La dame Retourneau est en train de conditionner des sachets de sels. On lui demande de cesser là son activité, de se changer si elle le souhaite, de fermer sa demeure et de suivre la maréchaussée.

Elle comprend de suite que les choses ont changé. Il va falloir la jouer serré se dit-elle pendant qu'elle prend le soin de se changer, de se coiffer, de prendre un chandail. Avant qu'elle ne ferme la porte elle demande négligemment à Colbert :

« *Faut-il que j'emmène autre chose ?* ».

Au sous-entendu de la question, voulant bien dire allez-vous me garder, le gendarme sans broncher lui rétorque :

« *C'est vous qui savez !* ».

Sans se démonter le moins du monde, elle lui sourit et calmement ferme sa porte à clefs, montrant ainsi qu'elle ne craint pas pour la suite et donc qu'elle n'emmène rien.

« *Je suis à vous messieurs* ».

Et voilà Bavoir, Colbert et Maryse, montant dans la voiture de la gendarmerie.

Au poste de la brigade, on commence par la faire mariner un bon moment. On l'a priée de patienter dans le couloir d'attente. Assise là sur une chaise en bois très peu confortable, elle voit la brigade passer devant elle, l'un pour aller chez le major, l'autre pour aller faire une photocopie, le

207

troisième pour aller dans un autre bureau un dossier à la main… Et cela continue…

Quand vient son tour, elle est un peu énervée du manège, car elle a bien compris qu'on lui faisait monter la pression. La voilà installée dans le bureau de l'adjudant Coupereau et à ses côtés la gendarme Thibault. Et d'entrée la séance se corse, car le Juteux a pris un ton des plus secs.

« *Madame Retourneau Maryse, vous êtes à cet instant placée en garde à vue. Souhaitez-vous voir un médecin ?* »

« *Non pas pour l'instant. Peut-être après la torture* » ose-t-elle répondre !

« *Madame souhaitez-vous être assistée ?*».

« *Mais pourquoi donc, vu que je n'ai rien à me reprocher ?* ».

La Miss de suite se dit que la chose va être compliquée car la dame va leur donner du fil à retordre ! Et elle ne manque pas d'idées la petite dame. Bientôt elle le démontrera.

Le Juteux se lance dans les questions.

« *Êtes-vous la maitresse de monsieur Pouvreau Michel, pêcheur à Saint Gilles ?* ».

« *J'vous ai déjà dit qu'j'le connais pas ! Là-dessus j'ai pas changé d'avis !* ».

« *Lui nous a dit le contraire. Il nous a même donné les adresses des hôtels où vous retrouvez en cachette, et de votre mari et de votre premier amant* ».

« *Des sornettes que tout ça !* ».

« *Et vous vous retrouvez aussi dans les dunes de la Pérée Preneau* ».

« *V'là aut'chose ! Et vous étiez là planqués derrière les pins ? Vous allez m'en inventer encore de nombreuses comme celle-là ?* ».

Le Juteux, délicatement, l'œil noir fixé sur la saulnière qui en profite pour jouer avec ses boucles brunes, ouvre son classeur posé devant lui. Doucement il en tire une chemise. Il l'ouvre très lentement sans montrer le contenu et sans changer son regard.

« Vous maintenez ce que vous dites ? ».

La belle d'un seul se sent mal à l'aise et sent le coup fourré. Mais il n'est pas question de flancher tant qu'on ne lui a pas montré le contenu de l'enveloppe.

« Pourquoi j'changerais ? Quand vous aurez fini de m'faire mariner, j'sausais p't'être ce que vous m'voulez bon sang ! ».

Et il lui met sous le nez la photo où elle fourrage dans la chevelure d'un quidam, les seins en toute liberté…

« Qui vous a donné ça ? » hurle-t-elle, car jamais elle aurait pensé se trouver dans cette situation…

Oui qui a bien pu la pister pour cela ?

Elle carbure à la vitesse du son, elle cherche, elle gratte, elle fouille dans ses souvenirs, puis elle est obligée de s'admettre qu'elle n'en a aucun idée. Alors très vite il faut rebondir. Trouver une sortie qui va les laisser sur le flanc.

« Dites-nous d'abord avec qui vous étiez quand on a pris cette photo ? ».

Elle se dit qu'il y a deux solutions : soit ils n'ont aucune idée sur l'homme soit ils connaissent son identité… Tant pis, elle continue et garde sa ligne de défense.

« Comment que vous voulez que je me rappelle. Pis on ne le voit point le gars, alors ! ».

La Miss lui tend alors un second cliché. Elle se penche et découvre avec horreur que les affaires sont en train de se gâter. On la distingue encore chemisier ouvert, jambes pliées, et surtout on voit le monsieur posant sa main sur sa braguette ce qui laisse supposer la suite. Et le monsieur en question a offert au photographe son visage sans aucune ombre ni défaut. On ne peut pas se tromper… Dans le mille ! Elle sait qu'il faut changer de stratégie. Elle ne trouve rien d'autre qu'une pirouette :

« *Ah lui ?* ».

« *Qui ça lui ?* ».

« *Ben vous voyez comme moi. Et puis vous commencez à m'ennuyer avec vos histoires* ».

« *Lors de son interrogatoire, Monsieur Pouvreau nous a indiqué que vous vous plaigniez auprès de lui de violences de la part de votre amant* ».

« *Pff !* ».

« *Pouvez-vous nous en dire plus ?* ».

Elle se dit que les emmener sur cette piste ne doit pas l'engager beaucoup. Alors, elle répond.

« *Je ne vois pas d'où cette personne aurait pu tirer ces informations. Par contre pour les violences, oui c'est vrai. C'était un violent dès que cela n'allait pas comme il voulait. Si je demandais quelque chose, il montait de suite sur ses grands chevaux* ».

« *Quand on dit violences, il vous battait ?* ».

« *Ben oui. D'ailleurs j'me suis barré de chez lui un jour où il m'avait mis une gifle. J'étais partie avec ma voiture… J'avais passé la journée à Saint Jean de Monts. J'avais envie d'en finir* ».

« *C'est le jour où vous avez fait connaissance de Monsieur Pouvreau alors ?* ».

« *Mais vous commencez à m'embêter. Dans ces conditions, si vous continuez à m'enquiquiner avec ce bonhomme, j'arrête de parler* ».

Le juteux la fixe. Elle garde le regard noir fixé sur lui, sans baisser la tête. Elle le toise, elle le défie. Le juteux regarde sa collègue. Il prend son temps. Il laisse à la dame le temps de se ressaisir et de commencer à ne plus mentir. C'est le silence.

« *Dans ces conditions Madame Retourneau, nous allons vous mettre au noir quelques temps. Cela va vous laisser le temps de remettre de l'ordre dans vos souvenirs* ».

Et la voilà qui part au frais à son tour. Une bonne heure après on la sort de sa cellule et on reprend.

« *Avant toute chose, voulez-vous l'assistance d'un avocat ?* ».

« *J'ai déjà dit non !* » répond-elle sèchement.

Elle s'est préparée à encaisser toutes sortes de questions concernant Michel ou François et la voilà prête à esquiver. Mais patatras, ce n'est pas du tout ce qui se passe. C'est la Miss qui entame.

« *Parlez-nous des relations que vous aviez avec votre mari Jean-Pierre au moment de sa disparition ?* ».

Décontenancée, elle balbutie.

« *Quelles relations ? Hein de quoi ?* ».

« *Vous vous entendiez comment ?* ».

« *Tout le monde a du s'apercevoir qu'au bout d'un moment ce n'était plus le grand amour* ».

« *C'est-à-dire ?* ».

« *Il devenait casanier. Il ne voulait pas sortir de sa saline. Quand il avait un moment il bricolait dans la salorge. Quand je lui faisais remarquer qu'il ne s'occupait plus de moi, il me répondait qu'il avait plus important à faire* ».

« *Un rustre votre mari ?* » demande le Juteux.

« *Oh surtout, il ne manquait plus un moment pour se verser une rasade de Mareuil ou de Sauvignon !* ».

« *Il était alcoolique ?* ».

« *Pas à se torcher tous les jours, mais il buvait. On peut même dire beaucoup* ».

« *Et ?* ».

« *Un jour d'énervement je lui ai dit que j'allais prendre un amant* ».

« *Sa réaction ?* ».

« *Il m'a dit que ce serait bien que celui que j'allais trouver me paye pour cela. Et sous-entendu, il me traitait de pute vous comprenez. Alors j'ai cherché dans le voisinage quelqu'un qui pourrait me consoler.* ».

« *Je comprends* » dit la Miss pour l'encourager à poursuivre.

Mais la dame commence à se tasser sur sa chaise. Elle vient de faire un effort de concentration important. Car il ne faut pas qu'elle laisse un brin de ses propos qui puisse être interprété ou utilisé par la suite. Elle montre de la lassitude.

« *Voulez-vous un verre d'eau ?* ».

« *Non, j'aurais besoin de me reposer. Tous ces souvenirs me bouleversent à chaque fois que j'y repense* ».

« *Donc c'est là que vous avez commencé à retrouver monsieur Le Moal ?* ».

« *Oui mais laissez moins un moment au calme, et je vous expliquerais !* ».

Le fruit est mûr se disent les gendarmes, et pas la peine de le cueillir trop blet. On laisse juste un peu de repos et dans pas plus d'une demie heure on pourra le cueillir ! La troisième audition commence par la phrase rituelle.

« *Voulez-vous l'assistance d'un avocat ?* ».

« *Non, pas pour le moment* ».

« *Votre mari a su pour votre amant ?* ».

« *Oui assez vite, je crois que nous avons été dénoncés par quelqu'un du port* ».

« *Et il a pris la chose comment ?* ».

« *Violemment. Il a commencé par me mettre une toise… J'en ai eu des bleus pendant plus d'une semaine* ».

« *Vous avez porté plainte pour cela ?* ».

« *Bah j'allais pas en rajouter !* ».

« *Ensuite ?* ».

« *Il est allé voir François Le Moal. Il l'a menacé de lui détruire son bateau et de lui casser la gueule* ».

« *Et ?* ».

« *On a pris peur tous les deux. On savait qu'il était tout à fait capable de devenir enragé ? Et même on craignait qu'il soit poussé à faire un massacre même* ».

« *Et votre pêcheur de Saint Gilles là-dedans ?* ».

« *On s'est rencontré le lendemain, car mon amant François a d'un seul coup sorti la boite à gifles en même temps que la gnole et je me suis enfui* ».

« *Lui aussi était violent avec vous ?* ».

« *Oui, au bout de trois verres, il me reprochait d'être à l'origine de tout cela. Car c'était moi qui était venu le chercher. Si je n'avais été une trainée, il ne se serait rien passé !* ».

« *Oui trop c'était trop. C'est le jour où j'ai rencontré Michel* ».

« *L'homme de la photo ?* ».

« *Oui* » dit-elle dans un soupir.

Les gendarmes l'observent. On voit bien qu'elle a des choses à dire. Mais manifestement c'est dur à avouer ! Le silence devient pesant. On a brusquement l'impression que la pièce se rétrécit et que tout se concentre sur notre brunette… Puis, elle redresse la tête.

« *Je vais tout vous dire…* »

Et elle déroule les faits.

Face aux menaces du mari, le Vasou veut stopper là les risques. Il décide de tuer Jean Pierre. Il l'attend un soir près de sa salorge où le saulnier est en préparation. Quand ce dernier passe la porte, il reçoit un coup de pelle sur la tête et un second derrière le crâne quand il tombe à terre. Le Vasou appelle Maryse. Elle est d'abord horrifiée par ce qu'elle voit. En réfléchissant elle se dit que de toutes façons elle va être complice ne serait-ce que par passivité d'avoir laissé entrer le tueur. Et puis, l'autre l'a bien mérité. Alors elle va apporter son concours dans la suite des évènements.

« *Oui, je sais que je suis coupable. Mais c'est un délit bien mineur quand même* » dit-elle avant de poursuivre.

Les gendarmes ne bronchent pas. Elle poursuit. Le Vasou décide d'installer le cadavre sur une table de séchage. D'abord la table doit être déplacée pour qu'elle ne soit pas visible, ni du chemin ni depuis chez Monmond. La nuit tombée, bénéficiant d'un beau clair de lune lumineux, ils déplacent l'objet puis à deux portent le cadavre pour l'installer dessus.

« *J'ai pas voulu en voir plus* ».

« *Je me suis occupé de la flaque de sang devant la salorge. J'ai recouvert de sel. Puis j'ai mouillé, j'ai balayé. J'ai remis du sel et j'ai sorti le tuyau d'arrosage et bien lavé envoyant tout cela dans l'étier derrière chez nous, me disant que ça f'rait le bonheur des anguilles* ».

« *Ensuite ?* ».

« *Je me suis lavée, j'avais b'soin d'une douche pour m'enlever tout cela. Pis j'suis allé me coucher* ».

« *Et Le Moal ?* ».

« *J'l'ai pas revu ce soir-là. Il est venu le lendemain vers midi* ».

« *Et ?* ».

« *Ben c'est là qu'y m'a dit qu'il avait évacué le corps* ».

« *Et quand j'ai voulu en savoir plus, il m'a dit l'avoir découpé et qu'il a jeté les morceaux, voilà tout. Alors il fallait maintenant que je sois discrète et effondrée de chagrin, tout simplement* ».

« *Ensuite ?* ».

« Ben c'est là que les choses vont se gâter avec François. Il devient méchant. Vous savez la suite ».

« Mais vous savez ce qu'il a fait du cadavre ? ».

« J'vous ai dit, tout ça c'est lui ! C'est lui qui a transporté les morceaux et joué au Petit Poucet ».

« Il vous a dit où ? ».

« Si je me souviens bien, deux endroits dans le sable de la baie, un casier à homard en stock au Port des Brochets, une cabane ostréicole à Bouin, le reste au pont noir et dans le chenal du Port des Champs ».

« Vous maintenez votre déposition : vous n'avez fait qu'aider à porter le cadavre puis à faire disparaitre les traces de sang ? ».

« J'avoue que j'ai pas fait que ça » dit-elle en baissant les yeux comme une gamine prise en faute.

« Et quoi donc ? ».

« C'est le François ».

« Le Moal ? ».

« Ben oui quêques temps après, y me dit comme ça un matin qu'il a fait une connerie. Il se souvient qu'il a emmailloté un bout d'mon défunt mari dans un papier et il vient de se rappeler que c'est un papier de livraison avec mon adresse et mon nom... ».

« J'ai tellement pris peur que je lui ai demandé de faire disparaitre ça tout de suite. Mais comme seule réponse il m'a mis un ramponneau ! Alors j'suis allé sur place et j'ai mis le feu à la cabane, sans même aller voère dedans ».

« Et monsieur Le Moal ensuite ? ».

« Ben moi j'l'ai pas revu. Et pis, j'en ai parlé à Michel de ça comme du reste et puis c'est tout ».

« Et quelle fut son attitude ? ».

« Ben il a gueulé comme un putois que c'était un voyou, un fumier de la pire espèce si je me souviens ».

« *Serait-il impliqué dans le meurtre de monsieur Le Moal ?* ».

« *Ah non ne me faites pas dire ce que je n'ai pas dit. Mais bon il était tellement en colère qu'il a très bien pu aller lui faire la fête. Mais après tout je ne sais pas … ».*

« *Par contre ce que je sais, c'est que c'est lui qui s'est occupé des parcs de François* ».

« *Les destructions ?* ».

« *Ben demandez-lui !* ».

Elle se mure dans le silence. Quand on l'interroge à nouveau, elle reste muette. Les enquêteurs décident de la mettre au frais.

Le point fait avec le juge d'instruction montre bien que l'on approche du but et de la solution à tous ces meurtres et méfaits.

Mais les enquêteurs ont noté des aberrations dans les propos de la femme. Et une surtout montre que les faits ne sont pas ceux décrits, même si à la fin le Jean Pierre est mort et découpé ! Comment son homme a pu être frappé deux fois à la tête avec une pelle alors que son crâne retrouvé ne porte pas de marque, encore moins de fracture ou déformation ?

Il faut reprendre et tirer l'affaire au clair rapidement si possible. La décision est de mettre en place une confrontation. Car le gars Michel semble bien trop beau pour être honnête. Peut-être que Le Moal a tué Jean Pierre et cela reste encore à prouver, mais lui a dû s'occuper du François…

Avant cela, la Miss retourne voir Maryse en train de se morfondre dans sa cellule. On voit bien que la fille est touchée, on sent la bête acculée par la meute !

« *Je réitère notre question : voulez-vous l'assistance d'un avocat ?* ».

« *Oui je pense que ce serait préférable. Mais je n'ai pas d'avocat jusqu'à ce jour* ».

« *Vous voulez un commis d'office ?* ».

« *Ce sera sûrement la manière la plus rapide. Et pour les broutilles que l'on peut me mettre sur le dos, je n'ai pas besoin d'un ténor du barreau* ».

La Miss se retire en se disant qu'elle a encore du répondant la petite !

L'avocat est appelé. Les deux baveux [89] arrivent quelques heures après. Après avoir pris connaissance du dossier, ils se retrouvent chacun dans un bureau en tête à tête avec leur client.

Puis arrive le moment attendu par les militaires. Voilà notre monde regroupé, mais en trois zones bien distinctes, Maryse et Michel étant le plus éloigné possible l'un de l'autre, séparés de leurs avocats. En face, nous avons le major et toujours la Miss qui enregistre. D'entrée l'avocat du pêcheur roucouleur intervient sans d'ailleurs qu'il soit invité à le faire :

« *Major, je demande clairement que mon client soit immédiatement conforté dans son honnêteté et son bon droit. Il n'a rien à se reprocher et ce n'est pas parce qu'il a eu quelles histoires légères avec madame que cela en fait lui un meurtrier et un pyromane* ».

« *Maître vous allez vite en besogne, beaucoup trop vite, et je ne pense pas que vous puissiez draper votre client dans cette virginité dont vous l'affublez et qui personnellement me fait bien sourire* ».

Le Major le fixe droit dans les yeux, sourcils froncés. Il veut enfoncer le clou et prend le ton et le propos qui ne manquent pas de rendre toute discussion s'éternisant improbable :

---

[89] Baveux = surnom donné aux avocats que l'on considère généralement beaucoup trop bavards

« *Par ailleurs vous n'avez pas été invité à vous exprimer ! Vous êtes donc prié de rester dans votre fonction de simple assistant à la défense et pas de pourfendeur attaquant les moulins sans en avoir ni les bonnes raisons, ni avoir fait le choix du bon moment, ni j'ose le dire la capacité*».

Pan sur le bec ! Le baveux se rebiffe :

« *Mais !!! Mais quand même ! On traite jamais la défense comme cela* ».

« *Cela suffit, on traite les impolis et les empêcheurs de tourner en rond comme ça ici !* ».

Il fait une pause et toujours droit dans les yeux :

« *Et sauf preuve du contraire, nous sommes ici en audition dans une affaire de meurtre alors vous vous taisez et on va pouvoir avancer. Votre attitude est dommageable pour votre client. Donc on démarre* ».

Et le reste des échanges sera du même tonneau. Toute occasion sera bonne à prendre pour les avocats, pour ergoter, pour s'élever contre une idée farfelue à leurs yeux. Ils ne vont pas arrêter de pinailler…

Les gendarmes, bien dans leur dossier, laissent faire et ne bronchent pas.

Des camps agressifs, des gendarmes sûrs d'eux, sentant qu'ils avancent de plus en plus dans la recherche de la vérité. Ils sont sur la bonne piste.

Et au bout de longs échanges vifs, un scenario semble se dégager. Ce n'est pas sans peine, car les deux amoureux se montrent coriaces. Quelques questions, quelques réponses plus ou moins farfelues plus loin, le major stoppe l'affaire :

« *Alors pour nous résumer, nous notons. Madame vous êtes complice dans la disparition du corps de votre mari* ».

« *Rôôô* ».

« Nous avons la conviction que vous avez attenté à sa vie. Nous ne savons pas encore comment mais on trouvera ».

« Vous monsieur, vous avez tué Le Moal. Est-ce lui ou vous qui avez tué Retourneau, l'enquête va se poursuivre. Vous avez l'un et/ou l'autre détruit des pièces à conviction. Vous avez attenté ou participé à l'atteinte à l'intégrité d'un cadavre. Vous avez participé de près ou de loin aux destructions des parcs à huitres dans la baie ».

« En conséquence nous transmettons le dossier au juge d'instruction. Dans l'attente de sa décision, vous êtes remis en cellule ».

Elle crie et s'arrache les cheveux.

« Je vous hais ! Vous salissez l'honneur d'une pauvre femme. Une femme maltraitée, violentée et ça vous vous en foutez ! »…

Le major sourit et se dit pour lui-même :

« Oui c'est cela… Une honnête femme qui a sûrement tué quelqu'un ! »

Il la regarde vociférer, le visage tordu, et pense :

« Mais qu'est- ce qu'elle devient laide ! Quel dommage tout de même, car elle est mignonne quand elle ne vocifère pas ! Encore une innocente qui va croupir ce soir en prison ».

Lui clame haut et fort que l'on va vers une très grave erreur judiciaire.

« Mais bien sûr, comme l'erreur de ne pas avoir pu le piquer en flagrant délit dans l'affaire des détournements… » pense le major.

Les deux avocats l'un comme l'autre osent dire que l'on manque de preuve.

« Pour cela, soyez sans crainte, nous en avons et on en aura bientôt tellement que vous ne saurez même pas laquelle combattre ! »…

Au contraire de ce qu'ils espéraient, plus ils en rajoutent et moins on leur montre une oreille attentive. Rien n'y fait. La situation leur apparait pour le moment sans issue. La décision est prise, maintenant on passe à son exécution. La séance s'arrête là.

Quelques heures plus tard le juge reçoit les amants l'un après l'autre dans son cabinet.

Pour la dame, il est clair. Il insiste sur le fait qu'elle a manigancé le meurtre de son mari, et qu'elle en est peut-être l'auteure. Donc son cas est réglé !

Pour l'homme, il a, pour le moins, assisté la dame dans ses délires et dans le meurtre. Jusqu'où ? C'est à déterminer !

L'un ou l'autre ou les deux ont découpé un cadavre en morceaux avant de le disperser aux quatre vents… L'enquête doit encore approfondir des choses.

En attendant il prend la décision de les poursuivre, malgré les dénégations des amants, l'un comme l'autre, pour complicité de meurtre, recel de cadavre, complicité d'atteinte à l'intégrité d'un cadavre, et de destructions de biens.

Ils ont à peine le temps de se regarder. La brune a le regard destructeur. Lui essaie de l'amadouer, mais comprend qu'elle a tourné la page… Ils savent l'un comme l'autre que la suite ne sera pas de tout repos !

Les deux amants sont arrêtés, menottés pour sortir de chez le juge, et emmenés vers leur lieu d'incarcération. Elle prend la direction de la maison d'arrêt de Nantes à la limite de Carquefou, là où l'on a un accueil de femmes. Lui se dirige vers la petite et très vieille prison de La Roche / Yon, une geôle depuis belle lurette bien surchargée.

Rebondissement dans l'affaire de Bertomiaux !

Le juge reprend son dossier pour déterminer les axes forts d'amélioration dans la pertinence de ses preuves. Car pour l'instant, on a une femme qui n'a pas fait grand-chose et un homme qui n'a rien fait.

Le juge Poidevin sait que les prisons sont peuplées de gens n'ayant rien fait et donc n'a été aucunement ému par les pleurs et déchirements de Maryse voire encore moins par les hurlements de dénégations de l'homme.

Il a trouvé celle-ci fort bonne comédienne, et veut se concentrer en premier sur elle. Il va creuser les mobiles que pouvait avoir la belle brune.

En premier une vengeance suite à mauvais traitements. Le problème est que à part son amant qui dit avoir reçu des confidences, il n'y a de trace nulle part de tels agissements. Personne ni au marché ni dans les voisins n'a pu constater des traces sur son visage ou sur ses bras. Non il n'y a nulle part un indice de coups.

Serait-ce une affabulation ou un moyen de pousser son amant à exécuter les basses œuvres, le premier ou bien encore le suivant ?

En second, il y a la déprime d'une fille habituée aux voyages, aux pays lointains, qui plus est grandement passionnée par la vie en ville et au contact de loisirs si variés alors que son mari la cantonnait dans son marais…

Mais une déprime n'est pas diagnostiquée par les deux médecins experts que le petit juge va mandater. Non pas de déprime.

L'un, déclarera quelqu'un de machiavélique et mensonger, l'autre de trouble de personnalité avec des aspects de rigidité et d'agressivité, le tout masqué d'une grande capacité à affabuler.

Mais pour aucun d'eux cela entame la responsabilité pénale de la suspecte.

En troisième piste de scenario, il faut imaginer l'aspect pécunier de la situation. Le mobile de l'argent recherché est lui aussi vraisemblable.

On a découvert qu'il y avait une assurance en cas de décès, avec un capital doublé en cas d'accident, sur la tête de Jean Pierre. La veuve est la bénéficiaire du contrat.

De plus la saline devient la propriété de Maryse, à part entière puisque le couple n'a pas d'enfant. Et dans ce cas, l'argent et la saline serait alors un bon matelas pour changer de vie et faire table du passé et de son mari.

Pour le juge c'est à l'évidence ce mécanisme-là qui explique tout sur la disparition et la mort de Jean Pierre le saulnier.

Elle est responsable. Elle est soit l'assassin direct soit l'instigatrice, la manipulatrice, ce qui équivaut à une responsabilité pénale identique…

Quand le magistrat creuse du côté de Sardine, c'est plus difficile.

Bien vite cela devient bien embrouillé.

Cet homme est sous l'observation des gendarmes et même des douanes. On pense qu'il est au centre, ou pour le moins, dans des trafics. Cela fait bien longtemps déjà, mais jamais une des affaires n'a pu être éclaircie.

Ses affaires professionnelles ne sont pas claires, et on imagine bien une double identité recherchée pour permettre plus facilement la réussite de malversations.

Le bonhomme est sacrément retors pour le juge. Ce dernier va appuyer son dossier en faisant appel à des psychiatres.

Les médecins experts vont déposer auprès du juge un dossier assez éloquent. Pour les deux, les conclusions sont identiques, ce qui montre leur pertinence.

L'homme est un faible. Il se range toujours du côté du plus offrant.

C'est un professionnel du mensonge, car avec eux il n'arrêtera pas de les emmener dans des voies sans issue.

C'est également un pervers. On l'a vu maltraiter les chats et chiens du voisinage. Il donne l'impression d'aimer faire des choses en douce, à la limite de faire du mal.

On note chez lui un aspect de schizophrénie qui se révèle en priorité par son agitation car par moment il est violent et agité, et ce brutalement avec des éléments déclencheurs futiles.

Et surtout, il a des idées récurrentes totalement désorganisées, mais bien masquées sous le fait que monsieur est un beau parleur.

Pour le juge, il est difficile de bien préciser son rôle. Il a l'intime conviction de sa participation au meurtre. Mais les éléments psychiatriques révélés chez lui laissent penser à un homme suiveur.

Il opte pour une complicité de meurtre, une complicité dans l'atteinte à l'intégrité d'un cadavre, une dissimulation de preuves.

Ils sont donc renvoyés tous deux devant une cour d'assises.

Près de 15 mois plus tard, le tribunal de la Roche sur Yon ouvre sa session d'actes criminels par l'affaire du cadavre démembré du Gois.

Quand les deux accusés sont appelés par le président du tribunal, on voit d'abord Maryse faire son entrée.

Fière, droite comme un i, elle toise la salle d'un air hautain, car elle sait qu'elle n'y a pas d'admirateur. Cheveux toujours aussi noirs, chevelure bouclée, yeux noirs, léger rouge à lèvres, dans une tenue vestimentaire de bon aloi : chemisier col rond, veste légère, et pantalon léger.

Quand le sieur Pouvreau entre, ce n'est pas pareil.

Voilà un barbu qui s'installe, sans un regard pour la salle. Un jean, un pull marin, des lunettes à monture en métal, bien coiffé.

Aussitôt assis, il se recroqueville, comme s'il voulait concentrer toute son énergie afin de pouvoir sauter et mordre tout individu qui voudrait en découdre...

Mais surtout ce qui frappe l'auditoire et qui sera relevé en premier par les journalistes présents, c'est qu'il va montrer ostensiblement son hostilité envers son ancienne maîtresse. Il s'est installé légèrement de travers, face au juge lui qui a la première place dans le box.

Elle a d'ailleurs un haussement d'épaule qu'elle a voulu bien visible et bien démonstratif, pour montrer que ce bonhomme est devenu pour elle une quantité bien négligeable.

Le procès s'ouvre sur ce sentiment bizarre. Le public a l'impression d'assister à la mise en place d'un champ de mines !

Après le présentation de l'acte d'accusation, on va rappeler les faits pour lesquelles ces deux-là sont poursuivis.

Puis en fin de première journée on attaque la personnalité de Maryse. Rien de bien nouveau dans le dossier.

Le lendemain matin on passe à celle de Sardine.

Il interrompt les propos du ministère public à plusieurs reprises avec toujours une seule idée de défense :

« *Non je n'ai rien fait. Et pour elle, il n'y a que l'argent qui compte. L'assurance vie, la saline du mari, et après elle allait me piquer mon oseille et mes biens* ».

Et à plusieurs reprises le président s'emporte :

« *Silence monsieur Pouvreau sinon je vous fait évacuer* ».

Ce qui ne l'empêche pas de poursuivre. À chaque fin de phrase il termine son intervention par une sorte de ritournelle :

« *Une salope, m'sieur le président, ne vous faites pas avoir !* ».

On peut alors deviner un sourire moqueur sur les lèvres de l'accusée, qui lève les yeux au ciel dans un geste d'ignorance sur de tels propos haineux !

Au moment de la pause du midi, le président reçoit une information importante de la part des services administratifs du tribunal.

Ils viennent d'être informés qu'un quidam s'est présenté la veille à la gendarmerie de Pornic, en déclarant que le procès de La Roche / Yon pour le meurtre du Gois doit être stoppé.

Compte tenu de ses propos l'information avait été immédiatement transmise à la brigade de Bouin et dans la foulée au juge et au bureau du procureur.

Il y a erreur dans l'enquête et il a des révélations à faire.

Au tribunal on a contacté la gendarmerie pour en connaître plus de détail. L'homme dit avoir participé au meurtre de Jean Pierre Retourneau, et que surtout le meurtrier n'est pas celui qui d'après la presse est poursuivi. Il ne peut laisser se dérouler sans broncher une telle erreur judiciaire.

Coup de théâtre.

Le président à son tour appelle Pornic. Puis il appelle le juge Poidevin en lui laissant entendre qu'il ne peut poursuivre cette session d'assises avec une enquête qui s'avère aussi bâclée…

Poidevin n'apprécie guère, mais Muzilleau le procureur en remet une couche quand lui aussi apprend le coup de théâtre.

Le président de la cour d'assises de la Roche sur Yon est informé et n'a d'autre solution que d'annoncer le renvoi pour complément d'enquête.

Les deux amants sont reconduits au frais.

Dans la presse cela fait de gros titres bien gras :

« *Report du procès du démembré du Gois !* ».

« *Coup de théâtre au procès des amants diaboliques* ».

« *L'enquête relancée sur la mort horrible du saulnier de Bouin* »…

Quand l'affaire est connue au bar de la Marine, on est plus circonspects. Si le bonhomme on le connait et qu'on pense qu'il est capable de tout, les accusations sous entendues sur Maryse étonnent quand même un peu.

« *Tu cré qu'c'te fille capab' de soulever le cadav' de son homme ?* » demande la Chemise.

« *Ben trop chéti* [90] *moi j'dis* » assure le Ciré.

« *Alors si c'est pas elle, si c'est pas son zigoto, qui que ça peut êt' ? Hein ?* » s'interroge l'Absinthe.

« *Moi je pense qu'il s'agit du Vasou qui s'est vengé des menaces du Palud, que le gars était violent avec la Retournée et donc Sardine a voulu lui donner une leçon et ça c'est mal*

---

[90] Chéti = chétive, malingre

passé. Y a peut-êt' ben un complice, mais moè je suis sûr de ça ! » déclare Ciao en remettant les verres de niveau chez chacun de ses habitués.

Et les présents ne vont pas abandonner de sitôt un sujet sortant de l'ordinaire et des blagues de comptoir habituelles. En premier ce sera pour l'avocat et tous les maux dont on peut l'affubler, tant menteur que bavard.

Pour le Ciré :

« *Savez-vous combien qu'le faut d'avocats pour changer une ampoule électrique ? »*.

La salle est bien incapable de répondre.

« *Il en faut 3. Un qui monte à l'échelle. Un qui secoue l'échelle pour faire croire qu'elle a un défaut de fabrication et le troisième pour poursuivre en justice le fabricant ! »*.

Ciao se glisse dans la peau du journaliste humoriste de prétoire et lâche en rafale :

« *On dit qu'un condamné est cuit quand son avocat n'est pas cru ! »*.

Puis :

« *L'avocat porte une robe, mais c'est pour mentir aussi bien qu'une femme. Et en plus un avocat ne se dérobe pas ! »*.

Après une pause nécessaire pour humecter la glotte comme il se doit, ce sont les experts qui donneront l'occasion à la Chemise de se distinguer à nouveau :

« *Quand on pense qu'y zont b'soin d'experts pour jauger un psy aux macaronis et spaghettis. C'est quand même bizarre »*.

L'Absinthe est perdue dans un tel propos. Quand elle demande une explication, elle est servie :

« *Ben ouaïe ! Un psy qu'aux pâtes ! »*.

A la fermeture, c'est Ciao qui aura le dernier mot :

« *C'est le gars en garde à vue à qui on demande s'il a quelque chose à ajouter, il répond tout de go : merci pour l'accueil, mais je me demande si je repasserais ici un jour!* ».

L'homme de Pornic a été conduit bien avant cela à la gendarmerie de Bouin.

Entre temps la Miss a croisé Marceline à la boulangerie. Et la vieille sur son ton acidulé que l'on connait bien ici lui dira en la saluant :

« *Alors c'est-y qu'on récommince l'enquêt' ? Si vous avez b'soin, app'lez nous, on saura ben cette fois vous trouver la solution, mais encore faut-y qu'vous d'mandiez !* ».

Un vrai coup de pied de mule.

A la gendarmerie, le Juteux et Colbert sont aux manettes dans la réception du gars de Pornic.

Première surprise : il n'est pas de Pornic mais est ostréiculteur à La Guérinière sur l'Ile, au Port du Bonhomme.

Seconde et surtout la majeure : il s'agit de Pouvreau Dominique. Oui, le frère cadet de la Sardine !

Quand on lui demande de s'expliquer, il commence en se positionnant par rapport à son frère :

« *Depuis qu'le père est mort, c'est mon frère Michel qui m'a élevé, qui m'a contraint à faire tout ce que j'ai été amené à entreprendre. J'ai vécu tout ce temps sous la contrainte* ».

« *Mais aujourd'hui, je m'aperçois que j'ai eu ma vie gâchée à cause de lui. C'est sous son emprise d'une certaine manière que je me suis retrouvé dans cette affaire* ».

Et il continue sans que l'un ou l'autre des enquêteurs n'ait à intervenir.

Oui quand il a lu dans les journaux que le procès s'ouvrait et quand il a vu que son frère risquait bien de se retrouver soit avec une peine légère, très légère, voire pire avec un non-lieu, il a décidé de parler.

Il le sait, il risque également d'être condamné, mais il a besoin de lever de son cœur toutes ces années qu'il resasse dans sa tête depuis le début de l'affaire.

« *Quoi qu'il arrive, j'ai b'soin de me libérer !* ».

Et il raconte.

Il sait que le Vasou a été tué par son frère. Il a dit alors que le frangin voulait libérer sa maîtresse du joug de cet homme violent qui ne sait rien entendre. Il le sait car il a surpris son frère dans sa cabane du Port du Bonhomme. Il y dissimulait un crochet. Il a compris qu'il avait là l'arme du crime.

C'est Maryse qui a tué son mari.

Michel lui a demandé une aide et lui a demandé de venir avec lui à la saline de Bertomiaux, et de rester dans la voiture, car il aura peut-être bien besoin de lui. Il l'appellera. C'est Michel qui lui a fixé le jour et l'heure.

On l'appelle dans la soirée. Entré dans la maison, il constate la présence de Maryse, toute échevelée et toute rose comme si ses joues bien rondes s'enflammaient de bonheur.

Son frère lui montre un cadavre par terre, car il n'y a pas de doute l'homme aux yeux révulsés et à la langue sortant de la bouche baveuse, oui cet homme est mort.

« *Faut qu'tu m'aides maintenant. Tu ne peux pas te soustraire, car sinon, on dira que c'est toi qui lui a fait avaler de force le poison* ».

« *Quelle horreur ! Quel poison ?* ».

Et les deux amants lui expliquent que depuis plusieurs jours Maryse sert à la fin du diner une tasse bien sucrée et dans laquelle elle met du miel.

Oui il boit une tisane de chicorée. Un remède pour lutter contre sa grande fatigue !

Quand elle sera interrogée lors de la seconde enquête elle expliquera sa méthode. Elle avait convaincu le Palud de ce soin compte tenu de l'état un peu anémique qui était le sien.

Alors une bonne tasse, du miel et chaque soir, hop infusion. Au fur et à mesure, la dose de miel va être diminuée. La tisane va être de plus en plus amère.

« *Beurk c'est dégueulasse ton truc !* ».

« *Oui mais c'est bon pour ta santé. Regarde comme déjà tu te sens plus vaillant !* ».

Et l'affaire passe ainsi…

Elle programme la date fatidique.

Avant cela elle va faire une décoction de grande cigüe que l'on trouve le long de la saline. Cette plante très toxique va macérer, se réduire, devenir en quelques jours un sirop à dose hautement concentrée.

Le soir prévu, elle verse son sirop dans la tasse de chicorée et attend que la voiture de Michel se fasse entendre dans la cour pour présenter la tasse.

Hop en deux gorgées, avec moult grimaces, le breuvage est avalé.

Quand Michel entre, le poison fait déjà son œuvre. Brutalement Jean Pierre commence à se sentir pas bien. Il a chaud. La sueur perle sur tout son visage. Il a de plus en plus chaud. Il commence à avoir une soif horrible. Maryse lui tend un grand verre d'eau. Puis il a du mal à respirer. La poitrine le serre. Il étouffe. Il tombe de sa chaise et est pris de convulsions. Un râle, un souffle comme celui d'une forge, un petit cri et puis plus rien.

En un quart d'heure la chose est entendue.

Michel constate à la jugulaire qu'il n'y a plus de vie. Il appelle son frère. Les deux hommes auront la même version, car Dominique comprenant qu'il est dans un piège à son tour, va pour la première fois collaborer avec les enquêteurs.

Tous ces si braves gens au-dessus de tout soupçon vont rendre les armes. Ils vont avouer. Oui bien entendu pour chacun il s'agit de minimiser ses actes, mais globalement le vrai scénario est là !

Maryse a tué Jean Pierre. Michel a dépecé son cadavre. Dominique a assisté en direct ou en différé à la chose.

Michel a dispersé le corps. Puis il a tué le Vasou. Michel et Maryse ont effacé des traces par incendie volontaires de biens.

Elle est la tête pensante et celle qui a poussé les deux hommes aux actes les plus horribles. L'assassinat de Jean Pierre et de François Le Moal, c'est son idée et elle a tout fait pour créer le faux contexte poussant au meurtre. Le découpage en morceau, elle en eu l'idée, mais Michel avait la même.

Mais quel est donc le mobile pour tuer le paludier ?

Et quel est également le mobile qui l'a poussée à faire agir de la sorte vis-à-vis de l'ostréiculteur ?

Très vite à la saline de Bertomiaux, le mari est entré dans son costume d'artisan travaillant sans relâche et pour lequel les vacances et loisirs sont plus que réduits.

Et elle, fille habituée à la ville, il lui manque les balades lèche vitrines et surtout oui surtout les distractions avec par-dessus tout, les boites de nuit.

Même si cela peut paraitre un mobile pour le moins léger si on le rapporte à la monstruosité des faits et de leur préméditation, il est donc mort car il ne s'occupait pas assez de sa jeune épouse.

Mais et le Vasou ?

Elle poursuit son récit.

« J'avais pris la décision de quitter mon mari. Quand j'ai dit au Vasou que j'allais habiter chez lui, il a tiqué. Puis

quand j'ai parlé des distractions, il a dit ne pas aimer ça, ne pas savoir danser, et que c'était bien des idées de citadines ».

« *J'ai commencé à lui en vouloir. Alors je me suis montrée un peu rebelle. Il est devenu violent. Un pauvre pécore qui ne pensait qu'à me peloter et me sauter à la première occasion* ».

« *Et fortuitement un jour à Saint Jean j'ai rencontré Michel Pouvreau* ».

« *En quelques rencontres, il s'est mis à me parler du jour où nous serions tous les deux. Il vendrait son bateau à son frère. Il m'emmènerait dans une grande ville, on irait danser aux Baléares, ...* ».

« *Il m'a fait miroiter plein de belles choses* ».

Elle fait une pause.

On sent qu'au fond d'elle-même elle regrette de ne pas avoir pu profiter de toutes ces promesses devenus des rêves auxquels elle aspirait plus que tout…

« *Alors j'ai enclenché mon projet. D'abord régler le sort de mon mari* ».

« *Ce fut tout à la fois chercher de quoi faire la décoction, la préparer, tout en réussissant avant à faire prendre conscience à Jean Pierre qu'il est un peu anémié pour qu'il accepte la tisane de chicorée sans rechigner* ».

« *J'ai calé les choses avec Michel qui m'avait incité à me débarrasser de mon époux. Lui de son côté s'est organisé avec son frère* ».

« *On a fixé le jour et l'heure* ».

« *J'ai fait boire Jean Pierre au moment où Michel arrivait* ».

« *Les deux frères ont transporté le cadavre. Michel l'a coupé en morceaux. Il a été aidé par son frère pour le mettre en sacs pour le transport. Il s'est chargé de la dispersion* ».

« *Puis, il fallait que je me débarrasse du Vasou* ».

« *Pour cela encore fallait-il que Michel soit prêt à abonder dans mon sens, car il venait déjà d'occire mon mari* ».

« *Mais en fait, pour cela j'ai utilisé deux armes* ».

« *La première a été de pousser Michel à occire le Vasou car non seulement il voulait me faire du mal, mais il était de plus en plus violent. J'avoue avoir inventé le fait qu'il voulait me prostituer, mais cela me donnait un argument de poids pour avoir Michel* ».

« *La seconde arme a été de dire que j'apporterais dans notre budget commun de nouvelle vie, le capital de l'assurance de Jean Pierre, en sus des fonds correspondant à la vente de la saline* ».

« *Alors il se voyait déjà fortuné, changeant de vie, devenant citadin voyageur, et c'est comme cela que je l'ai tenu jusqu'au bout* ».

Avec un tel dossier, cette déclaration signée et enregistrée, le sort de la brunette est scellé.

L'enquête peut alors se tourner vers les deux frères. Dominique réitère en tous points ses déclarations initiales, signe sa déposition et est renvoyé en cellule. Quand c'est au tour de Michel, les enquêteurs commencent par lui indiquer les déclarations de sa maîtresse et celle de son frère.

Il encaisse le coup. Il ferme les yeux, inspire un grand coup. Les enquêteurs silencieux observent leur homme.

Il respire profondément, la tête penchée légèrement en avant. On peut un instant se demander s'il n'est pas en train de prendre de l'énergie au plus profond de lui-même pour résister à la charge des militaires.

Il reste un moment les yeux fermés. Quand il ouvre ses paupières, c'est pour fixer l'un après l'autre ses interlocuteurs.

« *Puisque...* ».

On sent chez lui un effort surhumain, et contraire à sa manière d'être, comme s'il devait se séparer d'une partie de lui-même...

« *Je vais vous dire !* ».

Le dossier se consolide. Ses aveux sont nets et correspondent aux propos de la dame et du frérot. On tient enfin la solution de l'énigme.

A la brigade de gendarmerie de Bouin, au briefing du soir, la Miss ose dire tout haut ce que les autres pensent :

« *Une femme jeune, envieuse, en mal de distractions nocturnes, devient une tueuse de la plus vile des espèces* ».

« *Elle jette son dévolu sur un homme qu'elle tient par la braguette et le pousse à faire ses quatre volontés* ».

« *Quand c'est difficile, il doit faire appel à son frère. Le frère est sous l'emprise et ne s'est jamais rebellé !* ».

Le major complète :

« *Et on tue deux bons gars du pays, deux travailleurs, des gens au-dessus de tout soupçon, tout cela pour le motif le plus futile qu'il soit : parce qu'ils ne voulaient pas aller en boite de nuit, et qu'ils étaient violents quand on les poussait à bout !* ».

« *Mais avec une telle engeince[91], il est certain qu'ils devaient être poussés à bout très souvent !* ».

Le Juteux aura le fin mot de la soirée :

« *Quand on pense qu'on l'appelait la Retournée sur le marché de Beauvoir. Maintenant je suis certain que pour tous ces gens, elle est devenue la Diabolique* ».

« *Mais alors, quel alibi à la con elle a !* ».

Un second procès va être programmé.

Il est prévu au tribunal de Nantes.

La presse en a parlé assez brièvement avant son ouverture. Les journaux ont juste fait mention la veille de

---

[91] Engeince (engeance) = personne détestable, méprisable

l'ouverture du procès des diaboliques du marais… Les choses font déjà partie du passé. Il y a déjà eu tant de faits divers et d'histoires croustillantes à raconter aux lecteurs, que cette affaire fait quand même comme du réchauffé !

Quand le jour arrive, on retrouve dans la salle les professionnels des sessions de cours d'assises, vous savez ceux qui ont comme marotte de suivre les procès.

Mais dans un coin de la salle, un observateur attentif notera un groupe particulier.

Ces spectateurs viendront et suivront la totalité des 3 jours du procès. Il y a Monmond le voisin de Bertomiaux, accompagné du Palet, du Ciré et de la Chemise… Ils veulent voir tomber la tueuse de leur voisin et copain Jean Pierre.

Et Monmond est à la fois dans l'attente de la condamnation et dans la tristesse de voir là sa gentille petite voisine dans un tel guêpier…

Mais en fait, ils sont surtout venus pour honorer la mémoire du Palud.

Les débats sont plus apaisés que lors du début de procès précédent. Les experts confirment leurs dires dans le dossier remis au juge, les témoins ne changent pas et leurs dépositions confirment celles contenues dans le dossier.

Les réquisitions du procureur général n'étonnent personne : il requiert une très grande sévérité à l'encontre des deux amants, mais laisse le tribunal juger des circonstances atténuantes de Dominique.

Sans surprise quant au verdict final.

Le jury a totalement suivi les réquisitions du procureur. Maryse écope de la peine maximum à la fin du nouveau procès, perpétuité avec 22 ans de sureté. Michel prend également la plus lourde peine qu'il soit avec la perpétuité et les 22 ans de sureté. Dominique se voit condamné à 5 ans de prison pour complicité et non dénonciation de crime avec circonstances atténuantes liées à sa démarche de venir déposer ainsi que du fait de l'emprise exercée par son frère.

Quand le verdict est annoncé dans la presse écrite, à la maison de retraite, Marceline l'annonce au père Igor :

« *Mon père, l'journal parle du procès des diaboliques. Le verdique est sévère, mais c'est ben comme ça ! C'est-y pas malheureux d'voère c'qui z'ont fait à ces pauv' gars. Le vice les t'nait et moè j'dis qu'c'est dommage qu'la peine de mort l'existe pus !* ».

« *Ma bonne Marceline, il faut avoir de l'amour toutefois pour ces gens-là. Ils se sont égarés dans un chemin de traverse où le diable en personne les a manipulé. Non, plutôt que de les blâmer, je vais prier pour eux, pour qu'ils retrouvent la sérénité dans leur prison* ».

Un peu décontenancée, un peu chagrine aussi, elle se dit qu'elle va avoir une oreille plus complaisante avec son amie la bonne sœur. Elle se précipite à la maison de retraite.

« *Ô y est. Le sont condamnés chiez [92] diaboliques !* ».

La bonne sœur se signe et avant qu'elle ne puisse répondre, la Grenouille embraye :

« *Ben ma bonne Marie-Clémence j'vas vous dire que malgré toutes ces menteries, ben on a drôlement bien fait not' enquête. On a réussi à les faire condamner* ».

Sœur pique-fesses sourit devant l'audace de sa vieille copine.

« *Oui ma bonne Marceline. Mais surtout le bien a triomphé du mal et c'est ce qui m'importe* ».

« *Ben j'cré ben surtout, qu'nous an a triomphé dô mal* ».

La bonne sœur sait qu'elle ne pourra pas avoir le dernier mot et attend la suite.

---

[92] Chiez = ces, le démonstratif

« Quand même, vous direz c'qu'vous voudrez, mais sus ce coup-là, si an avaient point été là, j'vous dis qu'les gendarmes y charcheraient [93] asteur. Allez j'm'en vas fair' ma soupe ! ».

Au bar de la Marine, quand on connait un peu la clientèle, on se dit qu'il doit s'y dérouler le championnat des commentaires les plus drôles au monde.

Oui, et Dieu sait qu'il y en a eu des sévères.

Quelques-uns ont reçu une bordée de rigolade qui indique leur qualité.

« Si les amants n'ont rien gagné, c'est pas le cas de leurs avocats » pour Paupiette.

« Le Michel, parait qu'il n'a jamais voulu répondre aux questions du président ! Faut dire que, petit, sa mère lui avait interdit de répondre quand on lui faisait une remontrance ! » pour la Chemise.

« En fait on voit bien que le Michel c'était un tueur à gages, oui, oui, pour les gages de sa maîtresse ! ».

Puis il ajoute content de lui :

« Le problème c'est que tueur à gage c'est un métier comme un autre, comme d'aller à l'usine. Oui, tous les jours on pointe, mais ceci-dit c'est qu'ensuite, lui il tire ! » la meilleure de Ciao.

C'est le Ciré qui remportera le pompon dans le championnat.

« Ouaïe ! La Maryse l' été condamnée deux foè ».

Un petit gorgeon pour faire patienter et intéresser plus encore l'auditoire.

« Deux foè condamnée qu'elle a été. Aux assises bien entendu mais la première foè en s'mariant avec le Palud ».

---

[93] Charcheraient = du verbe chercher

Il a réussi son coup. Tout le monde attend la chute, car nécessairement il y en une à laquelle personne n'a pensé. Le bar tout entier attend et …

« Y a t'y pas un humorisse qu'ô l'a dit que le mariage ô l'était une condamnation de drap commun ? ».

Sans oublier

Nous venons de circuler dans un pays plein de mystères pour celui qui ne se pose pas un instant, ne s'arrête pas pour admirer, ne prend pas le temps de parler avec les gens d'ici. Et pourtant, il y a tant et tant à apprendre, à admirer, à partager…

Dans ce pays à la fois de terriens et de marins, d'agriculteurs du sel et de la mer, chez les femmes et hommes du pays de l'eau et du vent, les superstitions restent ancrées dans les esprits. Elles sont indissociables du lieu et du mystère des marées qui viennent recouvrir le Gois deux fois par jour avant de repartir. Elles exercent comme une magie qui saura prendre le cœur de tous ceux qui tomberont amoureux de ces espaces naturels.

Je dois avouer que j'ai pu bénéficier d'aides sérieuses pour écrire ma balade dramatique dans le pays du Gois.

Ce livre a pu voir le jour grâce à l'aide sans faille de Marielle, acceptant de laisser son mari la tromper avec son ordinateur, puis sans rancune de travailler à la relecture du manuscrit.

Merci aux amis qui n'ont de cesse de m'encourager à écrire, y compris ceux qui m'ont un jour reproché de les empêcher de dormir dans leur train du matin car ils avaient en main mon dernier roman !

Les lectures et mes visites à la Bonne Pogne ou au Breuil m'ont permis d'apprendre à naviguer sans trop de difficultés dans le vocabulaire des œillets des salines, tout en me frayant un étroit chemin au travers des salicornes.

Écouter régulièrement les professionnels parler de leur production ostréicole, tant au Port du Bec qu'au Port du Bonhomme, m'a permis alors de distinguer les termes techniques de cette profession ô combien courageuse.

Avec eux, avec mes lectures, puis en visitant, petit à petit j'ai enrichi mes connaissances sur l'élevage des huitres.

Avec mon oncle Jean, ce sont les sauvages que nous allions ramasser. Ce furent les plus belles rencontres que j'ai pu avoir avec ces coquillages. En plus, à table, nous arrêtions quand on était rassasié et non quand il n'y en avait plus, ce qui est une sensation à la fois inhabituelle et fort agréable.

Au fil de nos séjours, nous avons rencontré de nombreuses personnes ayant leur activité professionnelle dans le Pays du Gois. Qu'ils soient tous ici salués pour leur grande gentillesse et leur professionnalisme.

En ponctuant la dernière phrase de ce roman, je ne pouvais m'empêcher de songer alors à Jacques Giraud. Ce patron et maître extraordinaire qui me souhaita bonne chance le jour de mon départ vers une autre direction, tout en se disant persuadé que bientôt j'écrirais des bouquins sur la Vendée…

Les personnages de ce roman sont tous issus de mon imagination, et comme on dit, toute ressemblance avec des faits, des entreprises et des personnages existants ou ayant existé serait purement fortuite et ne pourrait n'être que le fruit d'une pure coïncidence.

Mais revenons au Gois et à sa magie. Le Gois est quant à lui une réalité aimé de milliers de visiteurs chaque année. C'est un lieu vivant, riche d'histoires, de traditions, et d'anecdotes. Il nous enchante et nous prenons chaque année un très grand plaisir à venir passer quelques semaines. On y trouve l'Océan mais aussi la faune et la flore du marais, variables selon les vents, les saisons et les migrations pour les oiseaux…

Cela fait de nombreuses années que nous venons dans ce pays. Nous avions commencé à le fréquenter quand nous venions en vacances en fait à Saint Jean de Monts avec nos deux enfants petits alors qu'ils sont aujourd'hui de vaillants quadragénaire et quinquagénaire !

Quel souvenir de notre première pêche aux coques à marée basse dans le Gois ! Ce fut un moment si agréable au grand air et si ennuyeux à la cuisine en rentrant…. Nous n'avions pas pris d'eau de mer pour qu'elles dégorgent de leur sable… Alors eau du robinet, vidage et on recommence… sept fois !

Depuis plus de 40 ans, nous varions nos périodes de venue.

On y a vécu la tourmente des inondations, la tempête le même jour que les grandes marées, le vent qui fait plier les tamaris, la sécheresse qui assèche les canaux jusqu'à amener les poisson à tenter de se déplacer en utilisant leurs nageoires dans la vase…

On suit les saisons avec l'éradication des ragondins, les migrations des oiseaux, les afflux de touristes lors des vacances scolaires et le calme un peu trop prononcé de l'hiver quand il n'y a plus personne.

Nous calons nos dégustations de fruits de mer en fonction pêches et des saisons comme pour la moule de Bouchot. On sait que les crevettes impériales élevées en claires ne sont disponibles qu'à partir de fin août, alors que la pomme de terre bonnotte est ramassée environ 90 jours après la chandeleur.

Les balades sont ponctuées de belles couleurs. On a les tamaris en fleurs ou les iris d'eau montrant leurs belles têtes jaunes. On peut également traverser des chemins bordés des inflorescences des macerons, ou suivre un étier avec ses rives jaunes de moutarde sauvage... Si les plantes nous gratifient de ces tons, de son côté le ciel changeant nous offre une palette de couleurs sans cesse renouvelées, variant avec le vent, la pluie, le soleil....

Les jours de brume ou de brouillard le marais devient mystérieux, se voilant sous ce coton qui s'effiloche très lentement au-dessus des étiers, laissant monter notre impatience de retrouver le paysage habituel.

On ne se lasse pas de ce pays et de ses habitants. On apprécie la gentillesse de la saulnière, le sourire de l'ostréicultrice, la qualité des produits de notre boulangerie habituelle tout autant que l'amabilité de la boulangère. Et c'est un bonheur que de discuter avec tous les professionnels quand ils peuvent un peu souffler dans les creux de fréquentation des touristes. Oui, c'est un endroit où l'on a l'impression de réapprendre à vivre !

Cette région, je crois pouvoir dire qu'elle m'a envoûté depuis bien longtemps. Ce marais est un lieu magique où les herbes poussent dans l'eau et l'eau se déverse dans le ciel au loin...

Il est vrai que depuis bien longtemps la mer me fascine, et je me suis plongé dedans très jeune au travers des romans de Jules Verne, l'ami de mon enfance ! Oui la mer m'attire, quand je dis la mer je parle bien entendu de l'Atlantique.

Par moment mon esprit s'évade encore plus loin, dans les mers du Sud. Et rêver de partir au bout du monde n'est pas effrayant. C'est un rêve que j'ai toujours eu. Partir dans cette immensité c'est aller toujours plus loin, sans imaginer autre chose que de découvrir. Et me voilà voguant au large de Tristan da Cunha, frôlant Bouvet et ses glaces puis dans l'Océan Indien, mouillant devant l'archipel Crozet, ou prenant pied sur des rivages sauvages tant des Kerguelen, que de Saint Paul, ou Amsterdam.

Et plus encore, cette mer me manque. J'ai besoin de respirer l'iode, de voir les jeux de couleurs du soleil sur les ondulations de l'eau, d'admirer les mouvements tant dans le ciel que dans les marées, d'écouter le ressac, et de sentir battre contre moi le cœur du pays du Gois.

« Une fois qu'elle vous a ensorcelé, la mer vous tient pour toujours dans son filet à merveilles » a dit le commandant Cousteau.

Écrire un roman avec comme paysage de fond l'immensité de l'océan, le Gois, le Marô, Noirmoutier, était pour moi de ce fait tout naturel.

D'autant que quand je suis à l'entrée du passage du Gois, que je vois le soleil tomber derrière le fin liseré formé par l'île de Noirmoutier sur le couchant, je pense comme Baltazar Granciăn :

« L'imagination porte bien plus loin que la vue ».

« *Ol' é temps d'aller au lit, tu mines la chandelle por rin du tout* [94] ».

---

[94] Ol' é temps d'aller au lit, tu mines la chandelle por rin du tout = il faut maintenant aller se coucher. Tu uses ta chandelle pour rien !

Au fil des pages

Parmi les parutions de l'auteur

Aux Éditions BoD

Je suis mort mais la vie est belle : *document*
Le disparu de Chorsin : *Fais divers en Forez, roman policier*
La Rose sauvagnarde : *Faits divers en Forez, roman policier*
Epilobes et requiem : *Fais divers en Forez, roman policier*
Le Malin n'aime pas les grenouilles : *roman policier en Dombes*
Diableries au pays du Gois : *roman policier en Vendée*

Aux Éditions du Net

Des grémillons pour les canards : *Roman historique dans la tourmente des guerres de Vendée*
Rien ne se perd : *Dossier historique : la Vendée en 1794, un crime contre l'humanité ?*
Plus fort que ses bourreaux : *Enfin la vérité sur une mort à Mauthausen*
Balades angevines : *Documentaire sur les sites à visiter en Anjou*
L'Anjou à Table : *Livre de recettes anciennes locales*

Diableries au pays du Gois